わたしの軽井沢

忘れがたい情景・記憶がよみがえる

中路 法子
NAKAJI Noriko

文芸社

はじめに

戦後、軽井沢の町の人びとは時代に翻弄され、極貧と極寒にあえぐ生活環境のなかでせいいっぱい生きていました。

少女であったわたしにも、当時の人びとの辛く荒々しい息づかいが伝わってきました。

その一方で、この町にただよう不思議な空気感は五感を通してかぎ分けられました。わたしは、そうした雰囲気は決して嫌いでなく、むしろ面白く思えていたのです。——どこかへ行けば、何かが必ず待ちかまえていて、何かをすれば必ず何かが起こるといったふうなドキドキする情景と体験が面白かったのです。

七十五年を経た今、それらが不意によみがえってきて……昔は今であり今は昔であるような混とんとしながら現実感ある回想。事実に基づいたフィクションとして書きあげました。

また、戦中から戦後——軽井沢という風土のなかで、美意識もつ生活者であった詩人、室生犀星。浅間山麓の風景と詩情を一体化させた俳人、前田普羅。二人の道程に深い共鳴を覚えます。お二人についての想いも書いてみました。
日本がまだ貧しくて、人と人との距離が近かった時代。懐かしさを覚える同年代の方だけでなく、若い方にもぜひ読んでいただきたいと思います。

令和二年

中路　法子

目　次

イザナギおばさん

雲場の池を水源とする雲場川を南へ三百メートルほど下ると、小さな丸木橋があった。

わたしはこの橋を渡って小学校へ通った。

丸太を組んで、上に土を盛っただけの粗末な橋。

橋は通学路のちょうど中間ぐらいにあり、行きも帰りも橋まで来ると、ホッとする。

小川となった浅瀬には冷たい水がさらさら流れ川底には砂利石が見えた。橋の縁にしゃがみこんで川底に目を凝《こ》らすと、浅間山が噴火のときに噴出した熔岩が砕けて黒い軽石になったものまでが沈んでいる。川をはさんだ両岸の高い土手には茂るにまかせた雑草や低木が川面に雪崩れている。

名もなく誰にも見向きもされない放置されっぱなしのような橋だった。が、わたしにとっては朝夕の通学にはなくてはならない大事な橋であった。

春も深まった梅雨も近い頃、木橋寄りの林が伐採されて、小さな三角屋根の白い家が現れた。

土地っ子たちはそこにそのような家があるとは思いもしなかったので、驚いて目に止めた。

古びてはいたが、ごく最近、人が住める状態に手を入れたものらしい。塗り変えた白い壁面は陽にキラキラ輝き、三角屋根のてっぺんには赤い風見鶏が目まぐるしく高原の風にゆれている。

誰しも住人に興味をもった。

朝方になれば煙が上るし、夕暮れともなると窓に灯がともる。さて、どのような人物が住み始めたのか、一向にわからない……。

男かな、女かな、気がもめた。

母がどこからか聞きおよんだものか、

「毎日、前を通ってるんだから庭のどこかで人を見かけたことないの？　出会ったことないの？」と聞く。わたしは首を振るばかり。

ついぞその家の庭や周辺に住人らしい姿を見かけたことがなかった。

間もなく、思いがけずわたしは白い家の住人に出会った。

土曜日の昼下がり、学校からの帰宅途中であった。こげ臭い臭いが鼻につき始めたと思うや、パチパチとたき火のはぜる音に混じって土色の煙がそこら一面にうず巻いてきていることに気付いた。このたき火のはぜる音、臭いは馴染み深いものだった。冬をひかえた秋になると、多くの別荘の庭からただよい聞こえてくるものだったから。

でも、今は春――。

門のあたりからのぞきこむと、白い長いドレスで首から足先まですっぽりと包んだ女の人がいた。長い黒髪を首の両横で三つ編みにし丸くまとめてたらしている。日本神話の絵本で見たイザナギの命《みこと》という男の神様を思い出させる髪形であった。

女の人はその格好で勢いよくたき火にものを放り投げている。ポンポンと実に元気がいい。わたしは面白くなって身をのりだし、しばらく女の人の動作を見続けた。

いつ、気付いたのだろうか。女の人はわたしの方を振り向きもしないで、

「たき火って面白いでしょ。見ているだけじゃつまらないわょ〜。あなたもここへいらっしゃい。どうぞ〜」

そう言いながらも手を休めずにたき火に何かを投げ入れている。いったい何を？紙屑のような木くずのようなボロ切れのようなものばかり。異臭のする茶色っぽい煙がじゃまをしてはっきりとわからない。わたしは興味をもちつつも「今、学校から帰るところ。だから……」と言い返した。

「だから……って。きょうは土曜日でしょ。少しここで遊んで。一緒にたき火しましょ」

わたしはためらいがちに、でも一直線にたき火に向って近づいて行った。

全身白づくめの女の人は長いドレスの裾をはしょるでもなく、汚れるのに任せて、たき火を楽しんでいるようにも見えた。やはり燃やしているものは、うずたかく積まれた古紙の山、紙屑であった。本あり雑誌あり、新聞あり、どれも長年放置されっぱなしで古びたものばかり。青カビまで生えて黄ばみ湿気を含んで反っくり返っているものばかり。湿気特有のカビの臭いがしていた。それらをたき火の中へ放り投げると、すぐには火がつかずくすぶっていたが、いったん火がつくと身をよじるようにしてメラメラと青白い炎となり燃えつき灰と化した。

女の人の顔はススで汚れていた。思わず笑ってしまい「ススだらけ……」と言うと

「そんなこと先刻承知、承知。きょうは思いっきり汚れるの。このお洋服が真っ黒になるまで」と真顔ですましている。

わたしはたき火の前からちょっと離れた。

――おばさんはそれでいいだろうが、わたしはごめんだ。第一、母にこっぴどく叱られる――

はじめておばさんの顔を真正面から見つめた。

――絵本のイザナギという神様にほんとうに似ているなぁ。これから、このおばさんのことイザナギおばさんって呼ぼうかな――そんなことをぽつりと思った。

「あなたも何か燃やしたいものがある? きらいな学科の教科書なんか、どぅお? アッハッハハハ」

大声で笑いながら手は休めない。細い手首を前後左右に振りかざし炎に近づき投げ入れる。風によって炎の向きが変るのをたくみによけながらどんどん燃やす。見ていて小気味いい。わたしも俄然やりたくなってきた。

はじめはおずおずと手当たりしだいに紙屑を火の中に投げ入れていたが、気付くと夢中になっていた。火のそばに近づくと顔が熱くほてってくるうえに煙が目に染みて痛い。

母に大目玉をくらうことなど、とうに頭から抜け落ちてしまった。

突然、後ろから「ダメー」と笛のような声が響いた。驚くわたしの前に、イザナギおばさんは両手を広げて立ちはだかったのだ。庭の奥の方から縄のような紐を見つけてくると、たき火のまわりから一メートルほど離して丸い輪をつくり線引きした。

「あなたはここから入ってはダメ。ぜったいダメ——」

わたしの肩をぐいぐいと輪の外へ押し出した。

「紙はこうして投げるの。おにぎりにするの。そしてポン！」

勢いよく紙のおにぎりを火の中へ放って見せた。


夕闇が迫ってきた。

あたりの景色は昼間とちがって、建物は白く木立は黒く輪郭をつくって際だち始めた。

紙屑の山もあらかた燃えつきた。たき火につきあって三時間あまり、早く家に帰らねば、母の怒った顔がちらつく。

「私も真っ黒。あなたも真っ黒。サ、顔を洗って」

イザナギおばさんはそう言いながら後に続けとばかり、さっさと家の中へ入って行く。

家の中は思ったより狭かった。壁もタンスもテーブルもそして椅子もベッドまで、すべての家具は真っ白にペンキで塗られていた。

まだ塗りたてでペンキの臭いが鼻に染みる。

ただ部屋の中心に置かれたグランドピアノだけは黒くでんとかまえて目にとびこんできた。

——あ、イザナギおばさん、ピアノを弾くんだ。ピアニストだったんだ——

一瞬そう思い、ピアノを見つめた。

隅には細い煙突のついたコンロと水道ホースの先に流しが見えるだけ。身を横たえて寝起きをし、細々と煮炊きするだけの殺風景な部屋。イザナギおばさんの昼夜の暮らしが一目で見てとれた。

おばさんは洋ダンスから白い布地を引きだしてくると、顔を洗ったばかりのわたし

に服を脱ぐように命じた。わたしがいやがって戸口の方へ逃げかけると、

「そんな姿で帰したら、あなたのお母さんにひどく叱られてしまいます。これは昔、あなたの年頃に私の着たブラウス。父の外国みやげのベルギーレースのじょうとう品」

突然、ナフタリンの臭いが鼻をくすぐり、重たい布地が頭をおおって首をくぐり抜け、広げられた両腕に袖のようなものが通され腰のあたりまで下《お》りて止まった。ドサッとした布地で上半身が包まれ身動きができない。

「さてと、お次はスカート」

おばさんは脇のテーブルの上にかけてあったテーブルクロスをはぎとり、手早く筒状のスカートのようなものに形づけて、

「さ、足を入れて」と言う。

わたしの細い腰に合わせてひだをたぐり寄せ紐できつく結んだ。スカート丈《たけ》は長く足元まであった。

「まあ、素適！　あなた、森の中の少女のようよ。ベルギーの王女様」

イザナギおばさんはひとり興奮して叫んでいる。

「さ、森の白い王女よ。お家へ帰りなさい」

持たせたカゴに缶詰を三つ投げ入れ、肩を押しながら戸口まで歩かせ、

「では気をつけて。さようなら」

後ろでパタンと戸が閉まった。

わたしは缶詰の入った重たいカゴを持ち肩に学校カバンをかけ、厚ぼったいレースの襟に首をうずめ足先にからまる長いスカートをひきずるようにして木橋を渡った。その日に限ってははるか遠くに感じるわが家をめざして、ベルギーの王女らしからぬしかめ面《つら》でしずしずと歩き続けた。ひたすら人に会わないことを願いつつ、よちよち、よちよちと。

ようやくの思いでたどり着いたわが家の玄関先でまた一騒動があった。

「まあ、どうしたの。その格好は？」と母。

「馬子にも衣裳っていうが、その格好はなんつうたらいいのか……」と父。

二人揃って顔を見合わせている。笑いをかみ殺しているようでもあった。妹は、

「お姉ちゃん、魔法使いみたい」と言う。

わたしは泣きたいのをこらえて、顔をくしゃくしゃにさせながら父にカゴを差しだした。

と、腕からへなへなと力が抜けてカゴから缶詰が三つ転げ落ちた。

二学期が始まった最初の日。

始業式に出るために講堂へ向っている時だった。職員室の入り口で白い服を着た人をチラッと見かけた。

――あれ、イザナギおばさんがいる！　まさか～……？――

わたしは思わず駆け寄った。

やはりイザナギおばさんだった。

「あぁ、あなたね。早く気付いてくれないかと待っていたのよ。きょうから音楽教師。新しい先生が赴任なさるまでの臨時の先生務めます。始業式の時ごあいさつします」

譜面をかかえて静かな口調、淡々とした表情、いつものイザナギおばさんだった。

おばさんの長いドレスをまじまじと見つめていると、

「このお洋服おかしい？　でも私このお洋服しかないから。講堂はどちら？」

それだけ言うと指さした廊下を歩いていってしまった。長い裾を床すれすれに引きずるようにして。

イザナギおばさんの新任のあいさつは小声でほとんど聞きとれなかった。最後の方でちょっと声を高めて、

「毎時間『信濃の国』を合唱することにします。覚えてください」と結んで静かに降りた。教壇を見上げている生徒たちは、おばさんの変った服装はおかしく思えないようであった。終戦直後の子供たちは兄から弟へ、姉から妹へ着古したおさがりを着ることはあたりまえであったし、友だちがつぎはぎだらけの身なりをしていても笑う者などなく無頓着であった。
三、四年生を受けもつことになったイザナギ先生には授業を受ける機会はなかった。たとえ冗談にしろ、きらいな学科の教科書など焼いてしまえと言う人に教師が務《つと》まるか不安であった。
いったい新任のあのおばさんはどのような授業をして何を教えるのだろうと、校舎の南の端にある音楽室の様子が気になって仕方がない。

その日の風向きにのってクラス全員で合唱する「信濃の国」が高く低く聞こえてきた。

歌ってる、歌ってる。きょうは三番だ。

♪国の命を繋ぐなり～その調子で四番へ続くと思ったとたん合唱もピアノ伴奏もぴたり止んでしまった。

あれ、どうしたの？　まだ三時間目は始まったばかり。

おばさん、いや今やイザナギ先生は肩先に丸い三つ編みをぶらぶらさせながら、生徒たちに何か話しかけているのだろうか。音楽室は静まりかえっている。三時間目の終わりを告げる鐘はまだ鳴らない、鳴らない。

そのような授業がある一方で一時間中歌い続けていることもあった。きょうの生徒たちはがなりたてるようにやけに元気がいい。童謡あり唱歌あり民謡あり、時には流行歌まで聞こえてきた。

なぜか……？　軽井沢の町からほど遠い木曾の民謡が聞こえてくることもあった。

♪木曾のなぁ、木曾の御岳さんはなんじゃらほい、なんじゃらほい、とくりかえす。

おばさんも大声で先導しながらピアノを叩き子供たちといっしょに歌ってる。わたしは急に吹き出したくなった。木曾節は校庭から離山《はなれやま》までこだまして流れていった。

朝、霜が降り夕べにはみぞれが舞う日々となった。校庭で体操ができるのも最後と思われる日、懸垂《けんすい》と逆上がりのテストがあった。クラスの中でこの二つの器械体操ができない生徒が三人いた。わたしもそのひとり。クラスの大半の生徒が難なくこなしてしまう運動が、運動神経を欠いているのか、わたしにはできない。

わたしの番がきた。級友たちはわたしの周りを囲んで声も出さずに見つめている。みんな興味しんしんの顔付きだ。

はじめは懸垂のテスト。握る鉄棒はいつもより冷たく硬い。一瞬、空を見上げた。鉄棒を握りしめて頭をそろそろ持ち上げにかかる。

両腕に力をこめられずに腰をすとんと地面におろしてしまった。周りで「アァ……」と声にならない声が起こった。

たまりかねた先生はわたしの腰を両手で持ち上げにかかった。されるままになっていると「自分でも腕に力をこめて上《あ》がるようにしなさい」と大声で指図された。

——先生、それができないんです——

そのまま宙ぶらりんでいると、その時である。イザナギおばさんの声が校庭につんざくように響いた。どこで見ていたのだろうか。

「曲馬団に入る娘を育てる必要なんかありません。どきなさい、どきなさい。サーカスのマネなんか止めなさい」

生徒の輪をかき分けイザナギおばさんがわたしに駆け寄ってくるのが見えた。おばさんの声を聞いたとたん腕から力が抜け鉄棒から手を離してしまった。地面の砂場に転げ落ちる寸前、先生、おばさん、駆け寄ってきた友だち三、四人、わたしとが団子状になって横倒しに転がった。

後で担任の先生が、

「誰もがケガしないで済んだのは大勢の人がたがいに座ぶとん代わりになって転がったからだよ。地面にたたきつけられずに済んだんだ。よかったな」と笑顔で説明してくれた。

だがこの懸垂落下の顚末はすぐさま学校中に広まった。わたしは手の平にできた七粒の血マメをさすりながら、下ばかり向いて歩いていた。


ようやく血マメの痛さも薄らいできて、皮がむけてきた。

毎日、夕暮れから明け方にかけて小止みなく降り続く霙《みぞれ》に校庭はぬかるみができた。

校庭に遊ぶ生徒たちの姿が消えたある日、弁当盗難事件が起きた。

二人の先生が盗まれた空《カラ》の弁当箱を火箸の先につまんで走り、校庭の隅に掘られた穴へ埋めている。偶然、いく人かの生徒が窓から見ていたのだ。空弁当箱は便壷に捨てられていたものだった。

盗んだ弁当箱の中身《なかみ》を手づかみでむさぼるようにして口につめこんでいる人影。しめっぽい北側の饐《す》えた臭いの便所の木戸を閉め切った一隅にその姿を想像すると、あたりは急に暗さを増してくる。しばらくはその場所を利用することができなかった。


戦後、町の人びとは生活の立て直しにあえいでいた。暮らしのための物質不足が続き、なかでも食糧は欠乏していて、大人も子供もひもじさをむきだしに見せつけた。

朝食を食べずに登校する生徒がクラスに二、三人いるといわれていた。

「腹ぺこで声が出ないよう……歌なんかうたえないよう」と言う生徒がいた。

イザナギおばさんはそうした声を実際に耳にし、空きっ腹をかかえた子供たちの扱いに人一倍心を痛めていたのかも知れない。


四時間の授業を終えた土曜日。

わたしは友人三人と校門を出た所で偶然イザナギおばさんに出会った。

その日は、いつものイザナギおばさんではなかった。何かを考えているらしく頬に手を当ててうつむいて歩いている。何も言わない。

自宅の門まで来るとひとこと「さよなら」とだけ言い、庭に入って行ってしまった。いよいよおばさんらしくない。その日を最後に、イザナギおばさんは学校に姿を現わさなくなった。学校にはすでに女の新しい音楽教師が赴任してきていた。

近所の人の話では、あの白い家にはもう人は住んでいない。空き別荘となって残されているだけと聞かされた。


半月ほど経って、イザナギおばさんの家へ出掛けてみた。門のかんぬきには荒縄がきつく巻かれていて入ることができない。垣根のすき間から体を寝かせて入った。

庭の中へ入って行くと、おばさんが住んでいた痕跡が生々しく残されている。たき火の跡は炭化した土となって黒ずんで残っていた。

ベランダには取りこまずに去ってしまったのだろうか。白いドレスが寒さのため凍てつき人型の棒状になって吊り下っている。冷たい風にゆすられるまま、それがなおいっそうおばさんがいなくなったことを告げていた。

陽のあたらない北側に回って行くと、深く掘られた土穴の中に大量の缶詰の残骸が霜にまみれて放り投げられたまま転っていた。それも缶切りでギザギザに切り開けたフタをまっすぐに立ててあけっぱなしのまま……。

あの細っこい体《からだ》で、これだけの缶詰の中身を食べてしまうとは……。わたしは唖然としてしまった。ましてや、あの缶詰の捨て方はおばさんらしくないと思った。

帰り際、門の脇にある鳥の巣を模した郵便ポストをなにげなくのぞいてみた。いつ配達されたものだろうか。白い封筒の手紙が真横に寝かされ入っていた。

イザナギおばさんはこの手紙を読むこともなく、どこかへ行ってしまった。消えてしまった。なぜか……。なぜ？

白い家を見ながら、ポストの横で立ちつくしていた。

その日も川の水はいつもと変らない音をたてて流れ、丸木橋は霜のためぬかるんでいた。

拾い歩きをしながら、そっと渡った。
もう半年もすれば、わたしは中学校へ進学する。
この木橋ともお別れだ。渡ることもなくなるだろう。

雲場池　（写真提供　軽井沢町観光経済課）

メアリーの金髪《ブロンド》

諏訪神社に近い矢ヶ崎川に沿った道寄りに「軽井沢病院」という古い病院があった。二階建ての古めかしい木造洋館で、そのあたりでもひときわ人目をひいた。壁にはベンガラ（紅）顔料を塗り、白いペンキ塗りの窓枠が数多く横並びに続く造りは、夏の間だけ開かれる林間学校の寄宿舎を思わせる。大正のはじめ、この高原の地に避暑客として訪れた富裕層の外国人や日本人によって建てられたものだといわれている。

わたしがその名を知ったのは戦後一年も過ぎた頃だったろうか。時の院長は日本人の医者であり、妻はドイツ人の女医であった。女医とはいえ、時には看護師として夫の助手を務め、病院のこまごました雑役作業や家事をもたくましくこなしていると、町人には評判がよかった。

医者夫妻にはメアリーというひとり娘がいた。

ある日、メアリーの母親の頼みとして、わたしにメアリーの遊び相手になってくれないか、夏休みの間だけでいいという話がもちかけられた。病院の日雇いメイドをしている近所のおカメおばさんからであった。

「メアリーと同じ年頃だから、遊ぶにはちょうど頃合いと思ったもんでね」

気軽に声をかけたと言う。

おカメおばさんは口をあんぐり開けると歯が全部抜けていて赤い歯茎が丸見えになってしまう小柄なおばさんだった。


夏休みが近づいた日曜日。

わたしは病院の近くをぶらついていたらメアリーが遊んでいるかもしれないと、あまり期待もしないでひとりで出掛けてみることにした。旧道側から入り川の流れに沿って矢ヶ崎橋に向って歩いているときだ。川の中に何やら黄色く動くものがいる。

あ、メアリーだ！

あまりに早く突然にメアリーらしき者が現われたので、どうしたものかとどぎまぎしてしまったほどだ。そのうちに確かめずにいられなくなって、橋のたもとから身をのりだして呼びかけた。

「メアリー……?」わたしの声に、
あ、顔を上げた。やはりメアリーだった。

メアリーはいぶかしげな顔つきで見上げながら何も言わない。ただ上を見つめるばかりだ。時どき顔にかかる金髪をはらいのけるようにしてかきあげる。川面に金髪が反射して映り、さざ波が金色に輝いてゆれ動く。

しばらく黙っていた。耐えられなくなって再び声をかけた。

「メアリー……?」

誘われるようにメアリーは裸足のまま土手伝いに道へ出てきた。両手には革靴と小さなバケツを持ってぶら下げている。すれちがいざま、わたしを見つめたが何も言わずに病院の門の中へすたすたと入って行ってしまった。

わたしはあっけにとられて、その日はそのまま家《うち》へ帰った。


夏休みが始まった。

まもなく、おカメおばさんはメアリーに会わせるためにわたしを連れて病院へ向った。歩きながらメアリーは全く日本語が話せないこと、勉強は両親に教えてもらっていることをぽつりぽつり話して聞かせてくれた。

「父親が日本人なんだから、ちょっとは話せてもいいと思うんだけどねぇ。それが全然。お早うのあいさつぐらいはできないとね。

でもね。子供ってものは大丈夫。相手の気持ちなんて以心伝心で伝わるもんよ」

おばさんの口元からは息がもれてしまって聞きとりづらい。以心伝心は「い・ん・で・ん・ん」と聞こえて、何を言っているのかわからない。それでも一心に耳を傾けた。

――でも、おばさんはそうは言うけど、日本語が話せない異人の子とどうやって遊べばいいの……？　い・し・んなんとか言われてもよくわからないし――

この間一度だけ川べりで会ったときのメアリーの様子を思い出して不安だった。

病院の玄関の前には白衣を着た母親とメアリーが待っていた。母親が何か大声で叫び手招きしている。おばさんとわたしは急いで駆け寄って行った。近づきながら母親の体格のあまりの大きさにびっくりしてしまった。

太ってるなんてもんじゃない。

なによりもその太い首。すっくと真っすぐに立てて、その上に顔がのっかってる感じ。

肩からは丸太ん棒のような両腕がすとんとぶら下って……。腰は浮き輪を巻きつけたかのように丸く張りだして着ている白衣の前ボタンがはじけそうに見えた。

メアリーは母親に似ても似つかない痩せっぽちの女の子。母親の後ろに影のように隠れて立っている。母親は自分のグローブのような手の上にメアリーの白い手、わたしの黄色い手を重ね合わせて、

「ノォリッコ、ノオリッコ。メアリー、メアリー」

と、ふたりの名前を叫び交わしながらたがいの顔を指さした。わたしはされるままにされながら母親のゆさゆさした乳房の下で身を縮めていた。隣で事の成り行きを眺めていたおカメおばさんに、

「太っていて、ちょっと怖い」

と、つぶやくように伝えると笑いながらうなずいてくれた。

さぁ、メアリーとの交友が始まった。

昼ごはんをうわのそらでかきこんですませると、病院の前へ駆けつけるのが日課となった。

夏休み中の学校行事は欠席し、宿題は机の上にのせたまま開こうともしなくなっていった。そして何よりもしなくてはならないはずの、げんのしょうこという薬草を野っ原へ行って採集しカラカラに干しあげて学校へ供出しなければならない、休み一番のしんどい作業の宿題であったが、それすらすっぽかした。

母はメアリーに会うためと知ってはいたが無我夢中になっているわたしを、それほどにしなくても学校の宿題はどうするのと心配した。

では、メアリーと遊ぶのがそんなに楽しかったかといえば決してそうでなかった。はじめから仲良く遊ぶことはできないとわかっていた。ふたりでいながらいつもひとりぼっちでいるような、いっしょにいながら心はてんでばらばらであったような気がする。

ふたりは病院の門の前で会うと、まずたがいにまじまじと見つめあう。ひとこともしゃべらない。しばらくメアリーは革靴で、わたしはズック靴で地面を踏み鳴らす。と、どちらかが後ろ向きになって一目散に駆けだす。

もうひとりは遅れまいとして後ろに続く。

きょうはメアリーが先頭を行く。

ハッハッ、ハッハッ吐く息がそろっているのがおかしい。

前を行くメアリーの金髪がゆさゆさと目まぐるしくゆれ動く。後ろを行くわたしの目は金髪を見つめるだけになってしまう。金色のビロードの布が筋となって目の中にはりついてしまったかのように、あたり一面の景色がキン一色に染まっている。

一日おきに前になったり後ろになったりと、このふたりの駆けっこは約束事になっていった。

野っ原は夏の草花の最盛期。ニッコウキスゲ、おみなえし、なでしこ、われもこう、あざみ、高原ききょう、月見草、鉄砲百合……むせかえるように咲き乱れていた。

走りながらも無造作に花をつみ、珍しい虫を見つけると立ち止まり、靴の先で転がし裏返しにした。そして汗だらけの顔を見合わせニィ～と笑い合う。湯気をたてているような麦わら帽子を空に向って高く放り投げ、競って相手のものを受け止めに走った。

疲れると草の中に倒れこんだ。相手が奇声をあげれば、その声に負けじと一緒になって大声で叫ぶ。でも何を叫んでいるのかわからない。ふたりは足の向くまま気の向くまま野放図に駆け惚けた。ふと、これがおカメおばさん言うところの、い・し・ん・で・ん・し・んかなと思ったりした。


遊びはじめて一月《ひと》あまり、お盆も近い。

夏台風が近づいていた。いつものように橋の上で遊んでいるときだった。

突然、東の空に黒雲がわいて陽が陰り突風が吹きはじめた。あたりの草木がざわざわとゆれ動く。なんだか体中の力が抜けていくようでうそ寒く、たがいに身を寄せ合った。大粒の雨が視界をさえぎり音たてて降ってきた。

体にあたると痛くさえ感じる雨粒である。

ひとまず雨を避けようと手をつなぎ橋の下へと土手を降りた。

いつも遊び場にしている橋の下の浅瀬は消えて波のようなうねりが押し寄せ流れている。

川底で石がごろごろぶつかる音がする。しばらくふたりはわずかに残されている砂利土の上にちぢこまって座り、濁った川の流れを黙って見つめていた。メアリーが寒いのか身ぶるいするのが、わたしの体に伝わってくる。

金髪が濡れた顔にはりついている。


その時だった。真っ白に煙っている橋の上で人間の影のようなものが大声あげて何か叫んでいる。メアリーの母親だった。

土手に尻をつき滑るようにして降りてくると、メアリーとわたしの首根っこをつかむようにして両脇にかかえ病院の玄関へ駆けこんだ。ふたりを三和土《たたき》に投げだすように立たせると、母親はものすごい形相でものも言わずあのグローブのような手の平でメアリーの尻を叩いた。

メアリーは激しく泣きだした。

母親はわたしにも迫ってきた。

パン、パン続けざまに尻にふたつ。痛いというより体中がしびれる感じだった。

何事かと奥からおカメおばさんがとびだしてきた。

次に連れていかれたのは広い浴室だった。

浴槽には湯がたっぷりと沸いていて白い湯気がたちこめていた。あぁ、これが病院用のお風呂、広くて気持ちよさそう……もの珍しく見回していたときだった。いきなり全身に太いゴムホースの口から出る、生温《なま》かい湯を浴びせかけられ息がつまりそうになった。頭を左右に振り手足をばたつかせながら逃げ回ったが、ゴムホースの湯は滝しぶきとなって全身にふりかかる。

母親は容赦しない。泣きだしたくなった。

メアリーはと見れば、まだ泣きじゃくりながら真っ白なバスタオルに包まれておカメおばさんから体を拭いてもらっている。メアリーの頭からはあの輝くような金髪は消え、よじれた縄のようになって肩にぶら下っていた。なんだかメアリーがかわいそうになった。

「あんたたち、川の中へ流されるとこだったんだよ。ドクターが気がつかなければ危ないとこだった……ほんとに」

おカメおばさんは涙声でつぶやきながらノドをつまらせ、メアリーの胸に顔をうずめた。

メアリーの母親は無言でわたしの背を押しながら歩かせた。わたしはされるままに、目の前で次々と起こることが結びつかなくて茫然としてしまっていた。

白い大きなバスタオルに包まれて食堂のテーブルに座らされた。

顔の大きさほどもある真っ白な皿にスープがなみなみとつがれ運ばれてきた。大ぶりに切られたじゃがいも、にんじん、玉葱がぷっくりと浮いて湯気をたてている。嗅いだことのない強い匂いがした。

「早く飲みな。熱いから気をつけてな」とおばさんから手渡されたスプーンの重いこと。

頭をがくんと下げてフゥフゥ息を吹きかけながら一生懸命飲んだ。

なんだか疲れてきた。一息つくように顔を上げると母親と目が合った。きれいな青い目。

別の皿を引き寄せ早く食べなさいとうながすようにテーブルを叩く。見れば、皿には丸っこくて赤茶色の紐のようなものが並べてある。十五、六センチもある太い虫、ミミズに似ている。わたしは気味悪くって、とても食べる気にはならない。

メアリーは太いミミズのようなものに鋭いフォークの先を突きたててかじっている。ポリポリポリ、平然とかじっている。さすが、ドイツ人！　ミミズに似た肉のかたまりをあんなに旨そうに食べている。

おばさんが胸のあたりをパンでいっぱいにしてパン籠を運んできた。茶色の固そうなドイツパン。焼きたての香りがしてほかほかふくらんでいる。メアリーがのびあがるようにしてパンを取った。力をこめて二つに割りかぶりつく。わたしもメアリーをまねてパンを口に入れた。やはりはじめて味わう固いドイツのパンであった。

食べつけない食物をお腹いっぱいに詰めこんでしまったからだろうか。

突然あたりのものがぼうっとかすんで人の声が遠のき眠くなってきた。パンを落としテーブルにつっぷしてしまった。スプーンやフォークのすれあう音、食卓や椅子が動かされる音、驚いたおカメおばさんが何か叫んでいる。

冷たい雨がポツポツ顔に当たって目が覚めた。

おや、わたしはおカメおばさんにおんぶされている。家の近くを歩いているようだ。

「おばさん」小声で呼びかけた。

「あ、目が覚めたかい。きょうのことは母ちゃんに言わないでね。今夜はよくお眠り」

おばさんは耳元でささやくように言った。


夏休みも残すところあと三日。

絵日記を書いているところへ縁側からおカメおばさんがひょいと顔をのぞかせた。

「たいへんだね。宿題がいっぱいたまっちゃって……」

赤い歯茎を見せて同情したように言う。

ざるに干しあげたげんのしょうこの束を籠に入れかかえて持っていた。学校へ必ず出さなければならない夏休みの宿題である。わたしの分量を用意して持って来てくれたのだ。

あぁ、よかった。先生に叱られないですむ。

おばさんに抱きつきたくなるほどうれしかった。

「メアリーとよく遊んでくれたって母親のドクターがね。あの嵐の日にせいいっぱいごちそうしてくれたんだよ。もうすぐメアリー母娘《おやこ》はドイツへ帰国するっていう話だよ。みんないなくなっちゃうね」

父から、このところ大勢のドイツ人が軽井沢から敗れた故国ドイツへ帰国して行ったことを聞かされていた。

おばさんは急に思い出したように、これをあんたにってメアリーから預ってきたと言って画用紙を取りだした。どうやらメアリーが描いた自分の似顔絵らしい。目と鼻は○△でかんたんに描いてすませてあるが、髪の毛は黄色いクレヨンで丹念に塗り重ねてあった。キンキラキンに輝いている。

わたしが眠ってしまったテーブルで細っこい指先に黄色いクレヨンを握り、金髪をかきあげながら一生懸命に描いたものだろう。

九月の中頃、メアリー母娘は横浜の港からドイツへ帰国したことを知った。

後年、詩人　室生犀星に、

あすはお立ちか
おなごり惜しや

敗けたいくさはあいたがい
まめでおくらし　どいつびと
の一篇の詩があることを知った。

矢ヶ崎川　©E-CURE　イーキュア

まな板商人

まな板商人、またの名をまな板おばさんと呼ばれる行商人がいた。

売りものは土地で採れる野菜が大半で、ときには生魚までも商っているらしい。

この町に疎開してきたまま戦後も居残っている別荘族の家々を回って売りさばいていることまで知れ渡っていた。旧道周辺から鹿島の森へ、離山のふもと野沢原から沓《くつ》掛《かけ》のあたりまでと販路は広く、リュックを背負い魚籠を持ったおばさんの姿をよく見かけるようであった。

どこで野菜や魚を仕入れ買いつけてくるのか……。商品は取りたてでおいしい、そんな事まで聞こえてくる。評判は上々。

おばさんの顔つきは可愛らしく西洋人形のようだという。着ているものはいつも赤や緑と派手め。小説家の奥さんであることも伝わってきた。

うわさはうわさを呼んで、父と母の間でもおばさんのこともよく話題にしていた。

わたしはうわさ話に登場するおばさんに興味をもった。

なぜ、まな板おばさんなんて呼ばれているのだろう?……不思議に思えてくる。

どこかでいっぺん、会いたいもんだわ。


その機会は意外と早くやってきた。

夏休みのある日、玄関のガラス戸を細目に開け「ごめんください」とよく通る女の人の声がする。顔をのぞかせた人を一目見るなり、あ、まな板おばさんとひらめいた。うわさ通り。お人形のような顔。大切にしているロシア人形のマトリョーシカにそっくり。

赤く塗ったおちょぼ口がふっくらとして可愛らしい。色鮮やかな三角形のネッカチーフを被り、花柄の長いワンピースをひきずるように着て黒い丸っこい革靴を履いていた。

兵隊服の色に似た国防色（カーキ色）の男物リュックサックをお尻のあたりまでたれ下げて背負っている。ちょっと似つかわしくないな……。

「こちらのおじょうちゃん。何年生?」

敷居をそっとまたいで三和土《たたき》に立った。

「お母さま、いらっしゃる?」

その声が聞こえたのか母が出てきた。母は末の妹を身籠っていた。生み月の突きでたお腹をかかえるようにしている姿に、

「まあ奥さま。みごとなお腹。もう間もなく……」

と、目をみはって驚く表情で両手を広げてみせた。

わたしはおばさんの一挙一動をまじまじと見つめ、すらすらとしゃべり続けるおちょぼ口から目が離せない。

茶の間にいた父までが何事かとのっそりと姿をあらわした。おばさんはすぐさま父へと顔を向け、

「まぁご主人さま。突然にごめんなさい。きょうこうして伺いましたのは、あの南瓜《かぼちゃ》を」と玄関の戸を広めに開け庭先の土手の上に実っている大きな南瓜を指さした。

当時、戦後の町は貧しさを極め人びとの飢餓状態は底をついていた。どこの家でも庭に空き地があれば惜しむようにして開墾し、野菜の種を蒔き育てていた。

なかでも南瓜は育て易く収穫も多い。

春おそくまで町のあちこちには南瓜の花が黄色く咲き続ける。夏の日盛りともなると早くも完熟した土手南瓜が道端にまで転がってくるありさまだった。南瓜の実は焼いてよし、蒸してよし、炒めてよしと戦後の代用食の花形として家々の食卓をにぎわした。

おばさんは単直にきりだした。

「ご主人さま。あのみごとな南瓜を半分、売ってくださいませんか」

何を突然に言いだしたものか、父と母は解せないふうでたがいに顔を見合わせている。

「ねぇ。半分個ずつ分け合いましょうよ」

一歩身をのりだし、にっこりと両親の顔を交互に見つめるおばさん。

「いゃあ……」

父はためらいがちに渋った。

「あれはあと十日もすれば完熟南瓜に実って食べ頃になるんですよ」

「でもご主人さま。今、奥さまとお腹の赤ちゃんに滋養をとってあげないと……一日も早い方がいいと思いますけど」

おばさんは父に迫った。

「なにも家《うち》の南瓜《かぼちゃ》より隣の家《うち》の畠には実《み》の入った奴《やっこ》がごろごろしてますよ。かけあってみたらどうです」と父。

わたしはわたしで、父とおばさんの押し問答が面白くってたまらない。今、家《うち》の南瓜を切り取っても、切り取らなくてもどうでもいいわ……。

その時おばさんは何を思ったのかリュックを三和土《たたき》に下ろすなり、まな板を取りだした。

するするっとその手早いこと。まるで手品のよう。不意打ちの仕草に母もわたしも父までが唖然としてまな板から目が離せなかった。

まな板の長さは五十、いえ六十センチもあろうか、幅は二十センチくらい。真ん中は少し凹んで刃先の痕が残っている。木肌は使いこんだうす桃色で家のものより数段きれいであった。まじまじとまな板を見つめながら、突然にひらめいた。

あ、このまな板。町の人に「まな板おばさん」と呼ばれるいわれがわかった。一瞬で納得。

わたしの知りたかったナゾが解けた！

そのおばさんが目の前にいる。しかも家の南瓜に目をつけて半分売ってくれないかと言っている。早くなんとかしてあげなくてはと思えてきた。

さっきから南瓜のなりゆきに困った表情でいた母が、おばさんに顔を向けとりなすように話しかけた。

「年期の入ったみごとなまな板ですね」

「奥さまはお目が高くていらっしゃる。私のなくてはならない商売道具です。目方は一キロもあって重いんですよ。だからリュックの紐が肩にくいこんで辛いんですがこれなしではねぇ」と、いとおしそうにまな板の端をなでた。父は黙ってしまった。

またもや、おばさんは白くて細い腕をしなうようにしてまな板を裏返した。手品のごとく。

「こちらはお魚専門の魚板」

わたしにははじめて聞くことば――魚板。

長年の使い込みで裏面は魚の血を吸ってうす黒く変色し、大小無数の深いキズがちらばっていた。でも生臭い魚特有のにおいはしない。

「毎晩家へ帰ってから魚の臭味を取るためにまな板の表も裏もたわしを使って灰汁《あく》で洗い流すんです。ゴシゴシ磨いているとそれは疲れますよ。もうヘトヘトです。ではお腹の赤ちゃんに障りますから、この位にして……」

すぐさま表に返しながらおばさんはあがりがまちに座りこんでしまった。一息つきまた話しだした。

「この頃の別荘族の奥さま方は女中をおかないんですよ。戦前のように女中や使用人を使うなんてほど、今はぜいたくな時代ではありませんからね。この食糧難の非常時には、なんでも口に入るものは手に入れて食べて生きていかなくてはならないのです。奥さま方は私がなまものを運んでも調理ができないんです。なんでも女中任せで過ごしてきたからですよ。そこで私が野菜や魚を運んで、売って、台所で調理して食べられるようにしてあげますとね。そりゃ喜んで……助かる、助かるっておっしゃってね。こないだも冬用の薪の手配まで頼まれましたよ。まさかこの上リュックに野菜とまな板をつめこんで、魚籠持って薪はリヤカーで運ぶにしてもですよ。私の体力じゃとてもムリ。即座に断りましたけどね」

そこまで一気にしゃべり続けたおばさんのホッペは赤くなり唇からは口紅が流れてにじみでていた。口調も変わり笑顔も消えている。

三和土の上には丸っこい靴が転がっている。

いつの間にかはだしになったことも忘れておしゃべりに夢中になっていたらしい。

父は奥へ引っこんでしまった。

「では」と、おばさんは立ちあがった。

「いただきますね」念をおしながら、さらしを巻いた包丁を持って南瓜の前へ、母はあいまいにうなずくだけだった。

まな板にのっけられた南瓜は小振りであった。おばさんはちゅうちょすることなくスパッと刃先を入れ、あっけないほどの早さで真二つに切り分けた。

「はい、おじょうちゃんちの分」

わたしの右手の中に半分個をのせ、左手には冷たい小銭を包むようにして握らせた。

あとの半分個はリュックの中へ無造作に投げ入れてしまった。

その夜、夕飯に煮た南瓜は煮くずれ水っぽくまずかった。父の言ったとおりあと十日も経てば、ほくほくした完熟南瓜に実って家族みんなを満腹にさせたはずなのに……。

その後、おばさんは二度と現れなかった。

秋も終わりの頃となると誰しもおばさんのことを口にしなくなった。ふっつりと忘れて冬の準備に忙しい。

ある日、浅間おろしが町の端はしまでゆさぶり吹きつけた。

まな板おばさんの姿は風にほんろうされたように消えていった。

五日雨《いつかあめ》　後《のち》　時計屋さんへ

僕の住む町は、晩秋から年が明けて春の彼岸まで全く雨が降りません。雪もあまり降らず時たま夕暮れになると氷雨かみぞれが舞う程度です。秋も深まり初冬にかけて、浅間山の中腹から裾野にかけて灰色の雲が重くたれこめます。

その雲は雨にもならず雪にもならず氷となって一直線に落下、氷土に突き刺さります。

町をつるつると磨きあげ氷点下十度から二十度へと凍てついていく風土、氷の町と化してしまうといっても過言ではありますまい。

僕は長年そのように思いこんで暮らしてきました。

ところが、春の彼岸が過ぎ、日めくりをめくって四月の四日目《よっかめ》か五日目《いつかめ》の夜半、突然に雨らしい雨が降ってきます。土地の人びとはこの雨を四日に降れば「四日雨《よっかあめ》」五日に降れば「五日雨《いつかあめ》」と呼び慣らしてきました。

夜半、人びとが寝静まったあたりから暁方まで降りしきる雨。町びとが待ちこがれていた慈雨です。枕辺に聞こえてくる雨音に皆目覚めて「ことしは四日目か……」とつぶやきつつまたひと眠りします。この安堵感を誘うような暁方のまどろみはたまらなく心地よいもので僕にも覚えがあります。

この雨に毎年決まって思うことがあります。僕ひとりがそのように思いこんでいるのかも知れませんが、四日か五日に的中して降ってくる雨は天と地の大切な約束事と思えてならないのです。

今年は五日の晩に降りました。五日雨です。

起きだした頃には雨は止んでいて、珍しく朝もやがなく隣家の境の土手までが見渡せる明るさです。

まず雨戸を開けガラス戸越しに見たものは軒先にぶら下がる百日氷柱《ひよくにちつらら》です。あきらかに昨日までの白く濁った硬鉄の氷柱ではありませんでした。なかには寸法が縮こまって軒先からやっとぶら下って水滴をしたたらせている奴《やっこ》さんまでいる有様。これには驚きました。

　雨に叩かれた氷柱のなんとみじめったらしいことか……僕には哀れっぽささえ感じられました。

　この日、早々に朝食をすませた僕は旧道の町へ出掛けることにしました。早くも町の人びとは雨にはずみをつけられたのか、町へ音たてて出掛けて行く騒音がわが家にも伝わってきます。

　僕にも六ヵ月振りの町です。

　冬の間、無沙汰をした詫び状や東京の出版社へ用向きを伝える封書などがたくさん滞っています。それにも増して、せっぱつまった用事を思いだしました。

　去年の秋のはじめ、町に一軒しかない時計屋さんに行き修繕のため預けっぱなしになっている腕時計をぜひとも、きょうは取り返してこなければならない――いさんで出掛けねばなりますまい。

　と、いってもすぐに戸口を開けてすたすたとはいかない……冬の重装備、七つの防寒具を身につけねばなりませんから。僕にとっては芝居を演じる役者が扮装しているのではないかと思えるほどの重い身仕度です。

まず、メリヤス地の袷《あわせ》和服を包帯を巻くようにきっちりと着つめその上に通称、トンビガッパといわれるラシャ地の外套をまとう、鎧のごとくです。霜焼けから耳たぶを守るために兎毛の耳袋をあて、一枚の鹿なめし皮で頭、鼻、口先までをすっぽりと包んだ上にボルサリーノ帽をのっけて頭と顔は万全。次は手です。文筆業の僕はなによりも腕から手先にかけて気をつかいます。軍手を二重にはめた上に羊皮製の手袋をつけます。

終いは膝から足先にかけての履物。これには細心の用心を怠りません。つるつるしているうえにでこぼこのある氷の道は足を取られて転倒する、実に危険極まりない道だからです。

そこで僕自身が考案したすべり止め用により合わせた細縄を巻きつけたゴム製長靴を履く。

スネーク頭《がしら》の杖を握り「ヨイコラショ!」三和土に立ちあがり、すべて完了。

娘の朝子は僕の姿を一目見るなり、

「山の番人みたい」と言います。

「山の番人がこんな格好するか……重くて仕事になるまい」と返すと、

「こないだ三度山の下の道で斧《おの》を持った山の番人を見たのよ。そっくり」と、なおも言いつのるのです。

それにしても、娘はおかしな風袋をした山男を見かけたものだ……。


出入口から道へ一歩出るや、浅間おろしは容赦なく吹きつけ、道はガチガチに凍てついています。

豆腐屋の横を曲がり馬車屋さんの前を通って旧道大通りに出ました。そこで見たものは道幅いっぱいに広がったゴム靴底の荒々しい足跡。あまりに人びとに踏みつけられた道は泥と氷でぬかるみ、抜き足差し足で歩かねばなりません。

めざす郵便局に入ると、ここもまた人、人、人の群れがうず巻いているのです。人いきれでムアンと臭いがするなか、ダルマストーブの焚き口からは紅蓮《ぐれん》の炎が吹きだし燃えさかっていて……。

町びとたちは書留、速達便、現金送金、小包と持ち寄った用事を一度に済ませてしまおうと声高に順番を争っています。

僕が早々に用事を済ませ入口に向ったとき、鉢合わせに近づいた爺さんがいて頭を深々と下げたのでした。わが家の近くで別荘番をしている爺さんでした。道で会えば、ひとことふたこと言葉を交わす程度の付き合い。去年の秋から冬の間一度も会っていませんでした。

爺さんは言葉もなく頭を下げっぱなしです。

その姿は「よくぞご無事で一冬を越されて何よりでした」と言っているようで……僕も無言でボルサリーノ帽に手をやるのがせいいっぱいでした。

この寒冷地で一冬を越した者同士の久々の挨拶は通りいっぺんのものとは違い、半年にもおよぶ冬を生き抜いた喜びを察し合う深いものがあるように思えるのです。

やっと、やっと時計屋さんにたどり着きました。この町は何をするにも手間暇がかかります。それも風土のなせる魔術の町ゆえと納得して暮らすより他に方法がなく、いたし方ないと思うことにしています。

さて、時計屋さんのことです。

町に一軒しかない時計屋さんは、また町一番の寒がり屋と評判の人でした。兎の耳袋をあて犬皮の胴着をつけ古毛布の膝掛で痩せた膝頭を包んで仕事机に座る姿は冬定番ですが……なおも後ろに電気暖炉《だんろ》を置き横にはカッカッと燃える青炭を埋めた火鉢を据えるという周到さです。それほどまでの防寒設備をしながら、寒い、寒いとつぶやいているそうですから、寒がり屋の極みにいる一風変わった御仁だとつくづく思います。

去年の秋、時計屋さんと僕の間では忘れてはならない約束事を二つ交わしてありました。

ひとつ。時計が直っていれば、手を上げて合図をおくります。店内に入って受け取ってください。

ふたつ。直っていなければ、手を上げません。表を見るだけです。そのまま黙って帰ってください。

時計屋さんの一方的な言い草に、いささか身勝手なものを感じましたがそのまま帰ってきました。

六ヵ月経ったきょうも。

店の入口は何ひとつ変わっていません。相変らずガラス戸は汚れ寒天色に曇っていて、主の姿はうすぼんやりと影のようにしか見えません。そこでマントの袖先でガラス戸を拭《ぬぐ》い店の中をのぞきこみました。いつものように身をこごめ仕事に没頭する主がいます。

主は一向に表を見ようとしません。

表である往来には全く無関心です。

どうしたものか……店内に入ることもできずたまりかねて、僕は店先のコンクリートを杖で二、三度叩きました。厚いガラス戸に遮られて主の耳には届きそうにもなく、足先は冷えてかじかんできています。

その時です。一瞬。

主はメガネ越しに往来を冷然と見たのです。

が、すぐうつむいて仕事にかかってしまいました。再び往来を見ようとしません。

僕の顔を見たのか、見えなかったのか、さっぱり分かりませんでした。

そこで、きょうのところは諦めることにしよう。仕方がない。

とにかく僕の時計は直っていないのだ。

と、杖先を回し来た道を歩きだしました。

とはいえ、道みち直っていなかった時計のことのみ考え僕は歩きました。

浮かんでは消えていく感慨にひたっていったのです。

あの時計はかつて金側を着ていたのだ。

その金側を身ぐるみ剥いで、お国のために献上してしまった。

お国の窮状を救うために、勇んで供出してしまったのだ。

それ以来、時計の側はニッケルの縁をもつ別物に変容してしまった。

けれども性能は一向に劣えず手首になじんで働いてくれたのだった。戦後もこちこちと静かに時を刻んだ、いとおしさ……。

しかもです。あの時計がひとふゆ、時計屋さんの背中の胴着を見続け、冷えきったガラス戸の中で数百個の修理時計とからみあい、うっすらと埃をかぶっている姿さえ浮かんできました。

あわれでなりません……。

下を向き歩く僕の目の前へ突然、太った男の人と坊主頭の子供が家の戸口をいっぱいに開け放し、飛びだしてきました。二人は綿入れの半てんを着ているだけの姿で、足を踏んばり両手を上げバンザイをしたのでした。まるでラジオ体操を始めたかのように。

僕もつられて胸をそらし町の一本筋を眺めるようにしながら西の方角へ首を回しました。

きょうの離山は冬のじじむささはありません。昨夜の雨で全山洗われたように晴々と見えたのです。

人も、山も、町も、春を待っている——

僕のめぐらす思いは時計からあたりの風景へと一転しました。

早くも夕日は浅間山と離山の中間あたりに沈んでいっています。

家路を急がねばなりません。

当作品は、童話でもなく、小説でもなく、散文でもなく、室生犀星の一日を事実に基づいた短い物語として書き表わしたものです。

旧軽井沢郵便局　©E-CURE　イーキュア

ディランボウの腰掛

軽井沢の駅前に立つと、北西ににょっぽりと椀をふせたような小高い草山が目につく。

離山である。またの名をカブト山といわれた頃もあった。

昔から里の子供たちはおじいさん、おばあさんから離山にまつわるディランボウの話を寝物語に聞かされたものだ。

わたしは父から聞かされた。それは誰の語りよりもいちばん面白かった。父は子供の頃から離山を遊び場として暴れ回ったものだから、どこに何があるか手先で覚えているうえに足の裏でも知りつくしていた。父の話はあること、ないことをふくめて、あたかも自分がディランボウになったかのように面白おかしく語って聞かせる。聞かせながらも語り口は決してなめらかでなかった。話の筋道を頭からしぼりだすようにして「そいでな」と、目を見張るようにして語り継いでいく。

そして時どき脱線する。

「あれ、そこんとこ、こうじゃなかったの」と指摘しようものなら「そうだっけ……？」一応しらばっくれるのだ。と、間髪入れずに、

「いや、ディランボウの奴めだったらそうするはずだ」後ろ姿を追うような目付きで断定する。わたしはニヤニヤ笑いながらその先の話をいそがせる。

小三十分ほどで語り終えると、父はしばらく疲れた表情で何も言わない。同時にわたしも熱心に聞いていたのでぐったりしてしまう。

疲れた気分になるのはいつものことだった。

これは、きっと父とわたしの同時合作の巨人伝説であったからだろうと、だいぶ後になって気付いたことであった。

この先は、父から聞かされたディランボウの話を、父の語り口を真似て書いてみる。

大昔の大昔、そのまた大昔の話だよ。

春だ。春だ。春が来たんだ。離山にもな。

離山のあちこちにはりついていたまだら状の雪が解けて、日に日に小さくなって消えていく。こっちも消えた、あっちも消えたと春に近づく目安になった。これが里の

子供たちの目にもうれしくってなぁ。はしゃぎまわるんだ。

さぁ、こうなるとディランボウさまのお出ましだ。離山にどっしりと腰を下ろして姿を現わす、そのでっけえの、でっけえの。尻は離山からはみだして山をつぶさんばかりだったとさ。頭は浅間獄の煙の先をはるか越していたとさ。足はふもとの雲場池までどすんとおっぽりだして座っていたとさ。

豆粒のような里人たちは首ももげんばかりに上空を見上げて手を振りながら、巨体めがけて春のあいさつをおくるんだ。

あの凍てつくような冬の寒さから解放されて春を迎える気分は、ちょっとやそっとでは言いあらわせんものな。里人たちの体中に陽のぬくもりがじわじわ染みこんでいって、腰のタガがゆるんでくるっていうんかなぁ。

さて、さて、唐松がうすみどり色に芽ぶいて、野鳥のさえずりもいちだんとにぎやかになる。冬の寒さにちぢかんだ手足を伸ばし顔をクシャクシャにほころばせながら、大人も子供も外へ飛びだして行く。ドドッとえらい勢いでだ。

さぁ、この頃になるとディランボウも何かやらかさなきゃいられなくなる。時どきつんざくような奇声を発しながらもぞもぞと巨体をゆする。そのうちにデの奴め。八つ手をな、でかくしたような腕を振り回しはじめたからたまらない。すさまじい風が宙をきって起こった。里人たちは風にあおられて、あっちへ転がりこっちへ転がったそうな。


ある日、里人たちの度肝を抜くことが起こった。

ディランボウの座り方に異変があったからだ。雲場池に投げだしていた巨大な足が突然むんず、むんずと——。

空が暗くなった。何やら毛むくじゃらな黒い影がうなり声をあげて天空を横ぎっていった。

ドッスン！　腸《はらわた》にしみわたる大音響をたてて黒い影が消えた先は妙義山の頂上。

これには里人たちはおったまげた。おったまげた。腰を抜かしたじいさまもいたそうな。

ディランボウが暴れだしたんだ。どうしよう……。

しばらくの間、山はディランボウに踏み倒されて立ち上る岩煙で何も見えなくなった。

さて、岩煙が小止みになってはるか妙義山に目をやると——デの奴め、あのどでかい尻をおっ立ててな、山におおいかぶさるようにして獣物探しをしておった。山の木々の間に手をつっこみ、手当たりしだい獣物を捕えている。

巨人とて、腹は減る。

獲物を捕えるや、矢ヶ崎山の釜戸岩に煮えたぎっている岩鍋めがけてポンポン投げ入れた。捕えた猪はアップ、アップと湯に沈み、塩ひとつかみ投げ入れて猪汁の出来あがり。

山には脂の浮いた獣汁の臭いがたちこめた。


さてと——

ディランボウは岩鍋を持ちあげ、天を突くがごとくに突っ立った。下界を見下ろしながら、ここ矢ヶ崎山は北方にあって暗い。そのうえ眺めが悪い。

座り慣れた離山にて、馳走を喰《く》らい、すすろうと山をめがけて一歩ドスンと地べたをまたぎだしたと。

と、とたんに、ズルリ、ヒャ～～ディランボウの足裏が引きずられて滑りに滑った。
岩鍋は手から離れて、ごろんごろんと転がった。鍋は離山の裾野にまで転げ落ち、
汁は滝のように流れ広がってしまったとさ。

巨人とて転ぶんだ。
ディランボウは地団駄を踏んで悔やしがったそうな……。
天を掻きむしり、
地を踏み鳴らす。

天地は逆さまになるかのように鳴動した。
浅間獄はいっしょになって、グワーン、ドッカーン吔えるに吔えた。
汁は離山周辺の井戸水や近くの川に注いで塩辛く染みわたっていったそうだ。

ディランボウよ。
お前様の落とした猪汁はもうれつに塩辛い。
舌がしびれて、ちぢこまってしまうほどだ。

みそ汁好きな信州人はこの塩味をみそ汁の味に喩えたものさ。

離山のふもとには「塩水」という地名が残され、近くには「塩沢」という村落があるそうな。

後世に残る塩水源泉伝説の源とされ、口碑《こうひ》となって伝えられていることよ――。

お・し・ま・い。

離山　（写真提供　軽井沢町観光経済課）

六本辻の霧女

戦いが終わって、翌々年の春先。

六本辻に霧女が出るという噂が広まった。

誰がいいだしたものか。

わたしは友達から聞いた。

いったい霧女とは何者だろう。

雪女ならば、本で読んだり昔話に聞いているので雪の化身として思い描くことができる。

ところが、霧女となるとつかみどころがなく漠然としている。雪と霧のちがいだろうか。

霧の細かい水滴が上昇気流に乗り白い煙となってフワフワと宙をただよいながら女の人型になっていって、突然、人間の前にスゥ〜と現われるみたいよ。

友達はそこまで言うと、両手を胸の前でだらりと下げてお化けの仕草をして見せた。

目鼻も口もなくのっぺりしていてね。ただ白いだけ。人に危害を加えるでもなくてね。

ただよいながら消えてしまうんだって。

友だちは一気にしゃべり、それがすべてと言うように黙って向こうに行ってしまった。なんだかわかるようなわからないようでぴんとこない。でも雪女のような怖さは感じられなかった。

ただ、わたしは九歳の時この高原の町に引っ越してきてから霧の中を歩いていると、あたりのものが消えて冷たい白いものにまといつかれ閉じこめられてゆく感触は、生まれてはじめて感じるものであった。

霧は全身にまといつく。顔ならば眉毛の先から瞼を伝わって目玉の中へ、鼻や耳の穴へもぐりこんで顔一面をじっとりとおおいつくしてしまう。身につけているものを通して、体の中にまでじわじわと滲みこんでくる。

霧の中を歩いてきた人は目をしょぼつかせて細めているのですぐわかる。また感触わるげに身をふるわせるので「カゼひくぞ」ってまわりの人は気遣う。

そう。六本辻に霧女が出るという話であった。

その後、どうしたものか――。

教室内では生徒同士が霧女の格好まで真似て、まことしやかにささやかれていた話が急に鳴りをひそめてしまったのだ。例の友だちに聞いてもそ知らぬ顔。教室の中へある日霧女は在るがごとく現われ、幻のごとく消えてしまった。

噂話なんてそんなものと思いつつも、どこか物足りない。ひとり残された気分だった。家の中で話題にしても相手にされない。

それどころか、戦後二年経っても食糧事情はますます逼迫していて、母がいつもいらいらと疲れた表情でいることが見てとれるのだった。父や母たちにとっては、霧女などあれこれ詮索するひまもない。


その年は春が長びき、いつの間にか梅雨に入ったような天候で霧の日が続いていた。珍しく青空がのぞいた日、隣に住む本家の祖父が縁先に両足を投げだしてくつろいでいるのに出くわした。

日頃の祖父は農作業に精をだしていて、昼日中、家にいることなどめったにない。

日がな一日、背をこごめ土の中にはいつくばってジャガイモを植え、花豆、唐もろこしなど高原野菜を育てている。今日のようにお陽さまに顔をさらしている祖父をついぞ見かけたことがなかった。

わたしはこの祖父が苦手であった。孫たちはみな「じいちゃん」と親しんで呼び慣らしているが、わたしはしゃべる機会もないまま過ごしている。

遠く離れた地で育ち、九歳まで、ほとんど顔を合わせることもなく過ごしてきたせいもあるだろう。

隣り合わせに暮らしながらもなじめずにいた。

きょうの祖父はいつもと違う。手招きまでして、わたしを呼び止めている。わたしは気付かぬふうに通り過ぎようとした。なおも祖父は大声をあげて縁先をたたき、ここに座れとどなる。何かを話したくてたまらない顔付きである。珍しい。何もわたしなんかに話しかけなくても、じいちゃんと慕う従兄妹《いとこ》たちがたくさんいるというのに……、しぶしぶと縁先に腰かけた。

祖父の脇腹あたりから、香ばしくほんのりと甘くとろけるような匂いがしてくる。

なんだろう……

見れば、あれ〜！　ふかしたての餅もろこしが三本、大笊《おおざる》に並んで白い湯気をたてている。旨そう、日頃から食べたくて、食べたくても決して口に入ることがない、あの餅もろこしが。母がてづるを求めて探しても手に入らなかったものだ。白い粒つぶのなかに紫色の粒がプチプチと光ってとんでいる。ころんと三本並んで目の前に突然現われた。

もう祖父との仲など、どうでもよくなってきた。

生つばを飲みこんでいた。

祖父はわたしの心を見透かしたように、

「初物《はつもの》だ。まぁ食べらや」一本とりあげ無造作にわたしの手の平にねじこんだ。それはちょっと温くて、ちょっと重くて、丸っこい。

突然、祖父が、

「あのな、六本辻でな……こうモヤモヤしたものが」

ゴツゴツした荒れた指先で、空中に人型のようなものを描いて見せた。

「霧女だ」

わたしは一言のもとに言いきった。

餅もろこしから霧女へとぐらり頭の中が回転した。祖父はうなずくでもなくまたもや手首を伸ばしながら、

「霧の中から、こう女の手首が伸びてきてなぁ〜」

「白かったの？　冷たかったの？」

「まぁ待て。待て。わしは辻の真ん中でずるっと滑って転がったんだ。あおむけにな」

背負っていた刈り草がもんどりうって転げ落ち、腰をしたたかに打ちつけて思わずうめき声をあげたと言う。汗と霧が冷たい水滴となって顔を流れるのもわかったそうだ。

「おじいさん。わたしの手につかまりなさい」

突然霧の中から女の声がした。つかまれと言われても、腰が痛くて身動きができない。背負子《しょいこ》の肩紐が肩にくいこんでいてはずせない。

もぞもぞと肩に手を持っていくと、女は肩紐を長いことかかってはずしてくれたそうだ。

女の着ているらしい雨合羽のがさつく音もはっきり聞きとれた。

背負子を自分の肩にかけた女は祖父の両脇をかかえて半身を起こさせると「ヨイコラショ」と掛け声をかけて、祖父を引きずるようにして歩かせたそうだ。

祖父は女にしては力があり過ぎる、霧女という化物の怪力かな……一瞬そんなことが頭をちらついたそうな。

「エェッ。転んで怪我してるのに歩けたの。その人ヨイコラショって言ったの？」

「わしもそこが珍妙に思えてな。ふらふら女に引きずられて庭先のベランダのような入口から入って行くとストーブの前で横になれ」と言われた。

薪ストーブに赤い炎がちらちら燃えていた。

「ぬくいしなぁ。なんだか一安心してな。なるようになれと目をつむると眠ってしまったようだ……」

怪談めいていながら、妙にありそうな話。

へんな感じもする……でも面白い。

そこまで聞いて、あれほど食べたかった餅もろこしをまだ半分も食べていないことに気付いた。

その先を聞こうと身をのりだし祖父の顔を見た。こんなに間近で祖父の鼻、目、口とひとつひとつを見つめたのは初めてだった。

実に鼻筋が通っている。

骨を削ったように高い。

それに野良に出ているにしては陽に焼けていない。色の白い人特有に赤味がかっているだけ。

父の団子鼻を見慣れているので、親子でもこんなに違うものかとまじまじと見とれ驚いてしまった。と、同時に、祖父に似て色白で器量好しと縁者たちに評判のふたつ年上の従姉妹がいることを思い出した。

またもや、唐もろこしから鼻へと関心がそれてしまった。祖父を助けてくれた女の人の正体を知らなくては——

「それで、どうしたの？」

「寝入ってしまったんだな。目を覚まして腰をさすっていたら女が茶を出してくれた。これが旨かった！」

茶の味を思い出したかのように、祖父はしばらく黙って舌つづみを打つように口をもぐもぐさせた。

「それで」

「窓の外を見たら日暮れ時だ。もう部屋の中は薄暗かった。うちへ帰らねばと、はいずるようにして外へ出た」

「エェッ……。女の人に何も言わないで？」

「フン。どこにいるかわからん。姿が見えんし」

祖父はぼうとした顔付きでつぶやいた。

ストーブのそばには濡れた地下足袋《じかたび》と背負子が立てかけて乾してあったそうだ。

「親切な霧女だね」

わたしはどうしても霧女にこだわって話をそこに戻したい。

どうにか地下足袋を履き背負子を片手にベランダから外に出た。霧はすっかり晴れあがっていて空は夕焼けの残照に染まりながら、明日は晴天になることを告げていた。

六本辻に出ると、さっき転倒したときに投げだした刈り草が転がっていることに気付いた。

あれは明日取りに来ることにしよう。それにしても無様《ぶざま》にすっ転んだもんだ。このわしにしては……なんだかおかしみがこみあげてきて思わずフフフ……と。霧女のような女の人に助けてもらったことなど、すっかり頭から抜けてしまっていた。

ここまで祖父はぽつりぽつり話すと、話はすんだ。さぁ帰れとばかりに二本の餅もろこしを押しつけるように持たせ、隣のわたしの家に向って首を振った。

それから半年ばかりの後、祖父は浅間山に初冠雪があった朝ぽっくりと亡くなった。

祖父とわたしの仲をとりもってくれた霧女は、どこへ消えてしまったのだろう

……？

その後、六本辻にもとんと姿を現わさなくなってしまったという。

魔術の効かぬ町になってしまったので、霧女はあちこちへ出没する甲斐がないのか。化けるたのしみを失くしてしまったのかしらん。

それとも町人たちは、霧に想いを寄せることを失くしてしまったのかもしれない。

乳当てだろう

クリスマスシーズンが始まっている。

底冷えのする夕暮れどき。母から頼まれた使いをすませてSホテルの裏門通りへ出た。

わたしはホテルの裏門から入り表門へ抜ける近道をして家へ帰ろうと足早に裏門へ入って行った。

この建物は戦前大きな洋館別荘であったが、戦後接収された後、ホテルとして改築されたものであった。

ホテルの裏庭一帯は人気がなくひっそりと静まりかえっている。土を盛った花壇にはクリスマスツリーがぽつんと一本立っているだけ。枝先にぶら下ったガラス玉はくすんで、点滅することもなく妙にさびしいツリーに見えた。庭の片隅には物置きのような粗末な小屋があった。窓はなく人ひとりがやっと出入りできる木戸があるだけ。風が吹くと開いたり閉じたり小刻みにゆれている。

四、五日前に降り積もったのだろうか。薄汚れた雪の上には小屋に出入りする人の足跡が点てんと一直線に続いていた。使用人たちは残されている足跡と同じ歩幅を（たどりながら）拾い歩きをして往復するものとみえる。

ひょい、ひょいと片足を上げながらはずみをつけて渡って行く。この片足を下《お》ろす間合いがむずかしい。うまくやらないと雪の中へズボッ。

ゴム長靴底の冷たさが足裏から膝上までジワジワと凍み上ってくる。土地っ子たちを怖気《おじけ》づかせる凍傷だ。

裏玄関へ近づいたときだ。

扉を開けてひとりのボーイが出てきた。大きな空箱をかかえている。石炭か薪を取りに行くのであろうか。ちょっと立ち止まって、とがめるような目付きでわたしを見た。ボーイのような格好をしているけれどもストーブや暖炉を扱う係の人かもしれない。

「表門の方へ行きたいのですけど、どう行ったらよいのですか？」

わたしはせいいっぱい大人をまねて声をかけた。

「建物に沿って左側に行きなさい」

それだけ言うと小屋へ向った。やはり足跡を拾い歩きをしている。その後ろ姿を見てちょっとおかしくなった。

建物に沿って左へ急ぎ歩いて行った。日の射さないホテルの北側の窓は固く閉じていて電灯すらついていない。暗く森閑としている。

建物の角を曲がった瞬間、闇から光の中へいきなり放りこまれた。

ぼんやり見えだした天井の照明灯の明かりが一塊となって光り、まぶしいほどの道筋をつくりだした。急に足元が明るくなった。

何という曲名だろうか。クリスマス音楽が高くなったり低くなったり建物の窓ガラスをふるわせている。

あぁ、クリスマスがぐんぐん近づいてくる。

これこそホテルのクリスマス。アメリカのクリスマス！　わたしは思わず立ち止まってしまった。

ちょうど玄関先には大型の黒い車が着いたところだ。外国人の家族が乗車している。白い軍服を着た父親、胸に勲章がいっぱい輝いている。

続いて母親に背中を押されるようにして、幼い兄妹がピョン、ピョンとはねるようにして降りた。女の子の真っ白なワンピースドレスが羽のように広がって白鳥のよう。次に連なるようにして到着した大型車からは、背の高い外国人の男性に手を取られた女性が真紅のロングドレスを引きずるようにして降りてきた。女性がすっくと降り立ったときは、あたり一面一瞬にしてまばゆいばかりに紅く染まったようにはなやいだ。時どき、和服姿の日本の女性も見えた。静かにしゃなりしゃなりと歩く。美しい。わたしは家へ帰ることも忘れて、その場にしゃがみこんでしまった。

青い制服を着たボーイたちが次つぎに車で乗りつける客人たちを誘導する動作が面白く、目が離せない。とくにボーイの白い手袋をきちっとはめた手先の動き。腕を胸に寝かせて腰を直角に折るかと思えば、次には手先を泳がせるようにして左右になびかせる。と、客人たちは吸いこまれるようにして回転扉の中へたちまち姿を消していった。

アメリカのハリウッド・カラー映画さながらの世界が目の前で起こっている。学校の映画参観日に沓掛の映画館で観たアメリカ映画そっくり。

寒さのため自分の吐く息で目の前がぼうっとかすんでゆくような心もとない気持ち

になりながら、それでも玄関前の光景をうっとりと見続けた。二度と見ることができない、できないと自分に言いきかせてもいた。


その時だった。

ホテルの表門のあたりが急に騒がしくなった。木立を通してトラック・ジープがもんどりうつようにして突進してくるのが見えた。

一台、二台、三台も続いている。何か大声で歌っているような叫び声と口笛。若い米兵たちがこぼれんばかりにぎっしりと立ったまま乗っていた。

到着するや、一斉に長い足でとびはねるようにして降りてきた。あの進駐軍の帽子とカーキ色の服の兵隊たちで、たちまち玄関前があふれかえった。

わたしは、異なった人間の群れの次から次への到着にびっくりしてしまった。いったいこの先にまだ何か？　見かけないことが起こる気配があった。身をのりだして立ち上った。

兵隊たちの群れをかき分けて二台のトラックが入ってきた。今度は日本の若い娘たちばかりが乗りこんでいて、黄色い声をはりあげている。みな頭にターバンを巻いたり、白い大きなリボンをつけている。

下にいる兵士たちは大声で叫びながら両手をバンザイ風に挙げて娘たちを出迎えた。と同時に、娘たちは荷台の上から兵士たちの両腕の中へ転がるようにして飛びこんでいくのだった。空中に高く舞う娘もいた。あぜんとして見つめた一瞬であった。

気付けば、あのやかましく騒ぎたてた男女の軍団は回転扉の向こうに消えていた。ひとり残らず。

玄関先にはボーイがふたり、左右に分かれて寒そうに立っているだけ……あまりの変りように、ぽか～んとしてしまった。


突然、耳をつんざくようなラッパの音、高らかに響くファンファーレの合図、ホテル全館の明かりが煌こうと輝く。窓には人影がゆらめいて……ダンスパーティが始まったのだ。

今、ホテルの大広間ではクリスマスの夜会が、映画さながらの世界が再現されている。

また一段と激しい音響がわたしの耳を叩いた。その音にはじかれたように駆けだした。

すっかり遅くなってしまった。

早く家に帰らねば、父が心配している。母に叱られる。とっくに夕飯はすませてしまったことだろう……。


ホテルの表正門に向かう車道はなだらかな下り坂になって傾斜している。その脇の細い歩道からは円形状に広がる芝生に新雪が積もって広く見渡せた。冷えきった足がぎくしゃくして思うように歩けない。のろのろ歩いた。

おや、雪の中に何か光っているものが見える！　無造作に投げ捨てられている感じだ。

何だろう……キラキラ光っている。七十センチ、もっと八十センチもあろうか。だらりと伸びきって横になっている。

雪兎？　それとも冬の小さな生きものかな……？

思わず一歩、二歩雪芝に入って近づきゴム長靴の先で突っついてみた。そのものはねじれるようにしてひっくりかえりながらチカチカと光の粒が舞うようにまたたいた。

しゃがみこんで目を近づけると、長くて白い布地に二つの三角形がとがって盛り上っていてそこには金色の小さな飾りボタンのようなものとカラービーズがびっしりと埋めつけて縫いつけてある。

はじめて見る形のものだったが、本能的に女の人が身につける飾りものであることはすぐ分かった。

拾いあげて歩道に出た。歩きながら振ってみる。カサカサと固い手ざわりだったが真綿のように軽い。

母の顔がよぎった。「そんなもの、捨ててておしまい」と言っている。

道端に静かに置いた。二、三歩行きかけて戻り、こんどはためらいなく、やにわにつかむとコートのポケットにねじこんだ。

旧道通りへ出た。

両側の店みせはひっそりと戸口を閉ざしている。カーテンを引き雨戸を閉め明かりすらもれてこない。もう店の人びとは寝静まったのだろう。クリスマスなんか影も形もない、無縁な町並みであった。富士フイルムの看板が寒風にあおられて鳴りながら動いているだけ……。

警察の建物が見えてきた。前に人が立っている。あ、父だ。あの防寒帽の被り方は父にちがいない。

わたしは小走りに近づいて行った。遅くなった言い訳のように、

「こんなもの、拾っちゃった」

とポケットからクシャクシャに丸まったものをだして父に見せた。暗いので父ははじめそれが何であるか分からないようで、顔を近づけてまじまじと見つめた。

「お前には用がないものだ。すぐ捨てておいで」

父はそれだけ言うと、家に向ってさっさと歩きだした。

わたしは警察の玄関脇の木立の茂みの中へ、

「いっらなぁい」とばかり勢いよく放り捨てた。落ちた先も見ずに父の後を追った。

「あれ、何?」わたしは聞いた。

「乳当てだろう」と父。

「あれ、乳当てって言うんだ」はじめて知る物の名前だった。

「ただいま。遅くなっちゃった」

わが家の茶の間、ミカン色の灯の中へまっしぐらに飛びこんでいった。

ニッカーボッカー通れば道理ひっこむ

周辺の山々には根雪が積もる日も間近い頃だった。

久びさ、父に仕事の口がかかった。

根雪がこないうちに三度山の頂上に行って切り倒してある唐松を山裾の山道に降ろしてくれないか、と地元のIさんから頼まれたと近所の島田さんが伝えてきた。

ここしばらく仕事から遠ざかっていた父はすすんで引き受けた。当日持って行く鋸《のこぎり》や鉈《なた》、斧《おの》など山の道具類の手入れも早ばやすませて玄関に出してある。今回の仕事に対する父の意気ごみがわたしにも伝わってきた。

当日は日曜日。

所在なげにこたつにもぐりこんでいるわたしに気づいた父は、山の中の話し相手が欲しかったのか「お前も一緒に行くか」と気軽に声をかけてきた。一瞬、山の凍える寒風を思ったが、父の気概のようなものに背中を押されて立ち上がった。

防寒のため厚着で着ぶくれた父と娘のいでたちに母は「転がって行った方が早く着

くね」と笑う。わたしは目、鼻、口に穴を開けて編んだ黄色の毛糸帽子を顔中すっぽりとおおって被った。母はその帽子を頭の上から押さえながら「どんなに息苦しくっても帽子をぬぐんじゃないよ」と、すでに赤くふくらみ始めた耳たぶの霜焼けを気づかった。

父と娘は出発した。

陽こそ射していなかったが身ぶるいするほどの寒さは感じられず、曇天のなか山をめざす。十五分も歩くと三度山が見えてきた。高い丘ともいえそうな低い山である。

「ちょっとゆるめだな。うまく転がってゆくかな……？」

父は山の斜面の勾配を手で測るようにして言った。山肌一面には根雪こそ積もっていなかったが、所どころには雪の塊と枯れ草がちらばり毛の抜け落ちたけだものの背中を思わせた。

父に遅れまいと少し急ぎ足で付いて行く。

二人の吐く息が白く荒くなってきた。矢ヶ崎川の橋の欄干の前で一休み。母の持たせてくれた水筒の熱いお茶を飲みアメ玉を口に入れた。

北側の頂上への登り口からうす暗い山道へ入って行くと首筋から寒気がぞくっとしのびよってくる。人ひとりがやっと通れるほどの細い道の両側には、丈高い唐松が手入れされないまま伸び放題に林立していた。陽が差すことのない道には雪と土くれとがまじってジャリジャリと靴底に当たって歩きにくく手間どってしまった。寒い、寒い。こんなに寒いのなら付いて来なければよかった。そう思いながらも黙って登って行った。二十分ほどで頂上に着いた。

頂上は思っていたより狭く、すでに切り倒されて枝葉をとり払われた唐松の丸太ん棒が無雑作に転がっていた。幹の太さは十センチにも満たない細い木々であったが、隣りあった木肌がぴったりと凍りついていた。しかもつららまでぶら下っている。

父は長靴の先で木々を叩いたがびくともしない。しばらく黙って見つめていた。

「これ、一本一本はがすの、たいへんだね。はがしてから下の道へ落とすんでしょ。何本位あるの？」

「そうさなぁー。二、三十本あるだろう」

父は頂上の縁《ふち》のような所から身をのりだし木々を落下させる下の山道を見おろした。

作業を始めた。

「危ないからそばへ寄るな」

わたしはずうっと後ずさって、父の作業を見つめた。まず、はりついている木々をはがすことから始めなければならなかった。父の振りおろす鉈《なた》の先からつららが欠け落ち、まるで氷と闘っているかのように見えた。

次に木の一本、一本に鉈を打ちつけ斜面のへり（縁）まで引っぱってゆき、投げおろそうとしたがうまくいかず難渋しているようだった。木の幹にずぶりと力任せに鉈の先を入れてしまうので深く喰いこみ過ぎ、それを抜くのにまた一苦労している。

父は元々こんな山の仕事をする人でなかった。木こりではなかった。機関士を生業《なりわい》とした。相手は山でなく鉄であり、氷でもなく火であったはずだ。そんなことをぼんやりと思いながら、後ろで父の動作を見つめ立ちつくしていると、体が凍えてすっかり冷えきってしまった。

寒い、ぞくぞくしてきた。体を動かさなくては……。秋に覚えたばかりのフォークダンスを口ずさみながら体を前後左右にゆすってみる。タララッタ、タラッ、タラッタラッと。

「昼にしようや。腹空いたろ」父が声をかけてきた。立ったまま母のつくった焼きおやきとすっかり冷《さ》めきってしまったお茶を飲んだ。

「コツ、つかめたからな。鉈をカチンと軽く当てて土の上でころころ転がしてから落としてやればよかったんだ。あと少しだ」

父の顔は汗ばんでいたが、白く疲れて見えた。十分ばかり休んだ。わたしはまた後ろに下って見守っているときだった。


突然、カチン、カチンと鉈を打ちつける音が止んだ。一瞬うす黒い雪煙があがり、目の前から父の姿が消えた。

あ、父が下に落ちた。

無我夢中でかけ寄った。

父はいた。

山の縁すれすれにあおむけに倒れこんで伸びていた。

とっさに父の顔に雪をこすりつけ、水筒の冷えたお茶をぶちまけた。父は水しぶきで息もできないというふうに両手ではらいのけた。

胸のあたりが激しく上下している。

わたしは顔や胸を叩きゆさぶった。

「父さん、父さん、父さん」

しばらくして「尻もちついただけだ」と、いつもの父の声であった。尻をパンとひと叩きしてゆっくりと起きあがった。うっすらと目尻で笑っている。びっくりさせたくせに、わたしもつられて笑いたくなった。


山の下から人の話し声がした。

「だれか来るよ」と父に告げた。

「山の見回り人だろう。島田さんの名前を言えばすぐ降りてくさ」ちょっと手を休めたが、気にするふうでもなく作業を続けた。

やがて頂上に現われた二人の男はずんずん近づいてくる。年長と見えるひげを生やした男が、

「おじさんご苦労だね。この山の管理人の土屋だ」と声をかけてきた。

「ところで、ここにあった唐松は？」

とあたりを見回す。

父は島田さんの名前を告げ、山頂に切り倒してある唐松を下の山道に降ろしに来た旨を手短に伝えた。

「島田さんねぇ。知らないねぇ。聞いたこともない」

もうひとりの若い男が父のそばにつめ寄ってきた。やにわに父の胸ぐらをつかんでくるのではと、わたしは怖くなって父の後ろに隠れた。隠れながら、妙なことに気づいた。

二人の男がおかしな型のズボンをはいている。しかも二人揃って、全く同じ型の同じ色合いのものを。長いズボンを膝上でスパッと断ち切り、つぼめてひだをよせふくらませている半ズボンのようなものであった。

どう見てもへんてこりんで異様な格好。ついぞ見かけたことがない。膝下はゲートルを巻き地下足袋を履いていた。たまに町の中で外国人の着る民族衣裳のようなものは見かけることはあったが、このような男のズボンは初めてであった。

「元に戻してもらおうか」

ヒゲ面の男が低い声で言った。

「島田さんからの頼みだ」

父はくり返した。

「いや、一切聞いていない」

このやりとりを聞いたわたしは、やにわに帽子を脱ぎすて、

「そんなこと、できっこない。できっこない」

と大声でわめきちらしたかったが怖くて肝心の声がでない。帽子の中の口をもぐもぐ動かしただけだった。

「娘さん、何か言いたいようだね」

とヒゲ面の男。

「気の強いアマッ子だ」

と、若い男がニヤニヤした。

「盗難にあったら責任をもつよう島田なにがしに伝えてくれ」

それだけ言うと、二人の男は山を降りて行った。スカートのような半ズボンをひらひらさせながら……。


山の夕暮れは早い。

夕闇が迫ると足元が危ない。

丸太ん棒は残らず下の道へ投げ落とされた。

山の道具を袋にしまい帰り仕度をする。父は羽織っていたゴム引きの合羽でわたしの体を包むと、後ろを向いて腰のベルトにつかまるように言った。後ろに回り体温で生温かくなっているベルトを両手でしっかり握り、父の踏みしめる足音に合わせるようにして、山道を一歩、一歩降りて行った。あたりは急に暗さを増して、空には夕星が寒そうにまたたいているのが見えた。

旧道の家々の灯が見えてきた。そこまで来ると父はベルトから手を離すようにと言い、

「もうすぐだ」と帽子の上からほっぺのあたりを強く押してくれた。

わたしは「ウン」と深くうなずいた。

その後、この仕事がどのような結末をみせておさまったものか、わたしは知る由もなかった。父も一切話して聞かせようとしなかった。

しばらくして父は東京に就職口がみつかり発《た》っていった。

あの日、二人の山男たちがはいていた短ズボンが「ニッカーボッカー」という名前であること。十八世紀の中頃、英国のポロという球競技に出場する選手たちが着用したものだという。

戦後の昭和二十一、二年頃、長年別荘に住み続けた有名な正宗白鳥という作家が東京への往復にこのニッカーボッカーをひんぱんにはいて町に流行《はや》らせたものと伝えられている。

すべて成人してから後に知ったことであった。

子供は道の端を歩くものだ

すれ違いざまに声がとんできた。

「子供は道の端を歩くものだ」

叫ぶなり白髪の女の人は杖の先を道の端に向けて、地面に何本も何本も線を引いた。

わたしは声をはりあげた人の顔を見た。道ではよく出会う老人である。いつも二人連れで後ろにやさしそうなおばあさんを従えて歩いている。散歩にしては少し急ぎ足で何か用事があるかのように、真正面を向いて歩いてくるのですぐ分かる。

「もういっぺん言うぞ。子供はどんな道でも端を歩け」

女の人はわたしの顔をひたと見すえて男のようなことばでくり返すとすたすた歩いて行ってしまった。

どうしよう……道の端っこの草の中をズボズボと歩けば、買ったばかりのズック靴が草露に濡れてしまう。

冷たくて履けなくなる。それに母にこっぴどく叱られるし、困ったことになった。

その頃の道は両端が深くえぐられたように傾斜していて雑草が生い茂っていた。雑草の中に足を踏みこもうものなら、薄い綿布のズック靴にはすぐさま草露がじわじわ染み通ってきて、指先がかじかんで冷えてくる。そのうちに体まですら寒くなってくるのだ。

二人の姿が見えなくなるのを待ってわたしは歩きだした。つとめて道の端に寄って歩きながらも、さっき言われたことばが頭にこびりついて離れない。

——どうして子供は道の真ん中を歩いてはいけないのかな？　車も通らない、人の歩いていない林の一本道なのに——

何かいけない理由があるのかもしれない。

あれこれ思いつつ歩いているときだった。

突然、横道からさっきの二人連れが現われた。

わたしはびっくりして、草の窪みにとびのいた。冷た～い、冷た～い、ぞくっとした。

立ち止まって二人を見送った。おばさんたちはわたしのことなど目の端にも止めずにさっさと歩いて行ってしまった。

しばらくして、ふとこの時のことを思い出して父に聞いてみた。

「父さん。万平ホテルの近所を散歩している着物を着たおばあさん二人連れの人、知ってる?」

「知ってるよ。よく会うな。威ばったように先を歩いているばあさんはロシア文学者だという話だ」

父は万平ホテルの周辺の道でひんぱんに会うらしく、二人をよく見かけているようだった。

「ロシア文学って……?」

「ロシア文学はロシア文学さ。ロシアの小説でも訳しているんだろうな……。俺は読んだこともないし、そのへんはよく知らない」

「ふうん。大きくなったら読んでみようかな」

父はなんとも応えなかった。

頭の後ろを男のように刈りあげ、黒っぽい着物にもんぺをはいた女の人が、遠くて寒い国、ロシア文学の翻訳者だなんて結びつかない。わたしには信じられない気持ちだった。

ロシア文学翻訳者は——湯浅芳子。

後になって知った名前だった。

カラマツ林
（写真提供　軽井沢町観光経済課）

元日の餅つき

元日の朝は、決まって笑いがこみあげてくる。

最初、クックッと喉につかえるようなしのび笑いが徐じょに高まってきて、最後にはがまんができなくなって一挙にふきだす。

――なんだ……あの音は？――

はじめに気付たのはわが家の斜向《はす》かいの家、清水さんちのおじさんだった。不審気な面持ちでむっくり起きだし、寝床に近い窓をそろそろと遠慮がちに開け、あたりを見回した。

隣に寝ていたおばさんも物音に気づき、おじさんの後ろに立った。

「なんなの？　あんた」

半てんのなかに寒そうに首をすくめつぶやくように聞いた。

元日の夜明け。初日の出が昇るにはまだ早い。昨夜はどこの家庭でも形ばかりの「お年取り」の祝い膳を囲んだ大みそかの宵であった。

どこの母親も半年近くをかけて、心づくしに揃えた正月料理は、畠で育てた野菜類を乾燥させて煮しめたもの。

高原地特産の花豆、いんげん豆の煮もの。

東北地方で捕れた塩辛い「鼻曲がり鮭」の切り身を年取り魚として仕立てたもの。

やっと手に入った鶏肉や兎肉に餅を加えた雑煮風の椀もの。

飾り用にみかんを真横に切り割ったもの。

混ぜものが入らない白いごはん。

食糧難にあえいでいたどん底の時代とはいえ、大人も子供も待ちこがれた正月料理である。正月の食膳をせいいっぱいににぎわした品目であり、取り合わせであった。

お腹を満たした家族が寝床に入ったのは、おそらく真夜中の一時か、二時、今は寝入りばなの時刻である。外は氷点下十二、三度にもおよぶ凍てつく明け方である。

ほの暗い薄闇を破って聞こえ伝わってきた物音に、清水さんちのおじさんばかりか、隣近所の人びとは目を覚まし聞き耳をたてた。

――何事か？

――何かに、何かを打ちつけているような――

――ありゃ、あれは餅をついている音だ――

――まさか、きょうは元日だぞ――

――いくらなんでも、元日に餅つきとは――

皆、耳を疑った。

程なく清水さんちの隣家、金子さんちの二階の窓が音たてて乱暴に開けられた。どうやらこの家の兄弟が開けたものらしい。

「餅つきだ。兄ちゃん、ノンコンちで餅をついてるんだよ〜」耳聡《ざと》い弟の守が兄に告げている。「エェッ」兄の悟は絶句しながら外へとびだした。守は「待って」と言いながらも座敷に散らかっている防寒用の帽子や手袋をかき集め兄に続いた。

その時分にはノンコンちの煙突からは盛んに煙が吹きだし火の粉のはぜる音まで聞こえる。

台所から座敷まで煌こうと電灯がついている。勝手口のガラス窓にはせわしなく人影がちらつき人の声まで聞こえてくる。年末の餅つきさながらの騒がしさだ。

一方では表通りへとびだした悟、守の兄弟が、わが家に向って叫んでいる声が聞こえる。

「ノンコ〜。お前んち、なんで元日に餅つきすんだぁ〜？」

ノンコのわたしは聞こえぬふりをして、かまどに勢いよく薪を投げこんだ。

「言わしたい者には言わしておけ」父の押し殺したようなひとこえ。父は近所の騒ぞうしさなど意に介さないといった表情で、二臼目のために臼や杵に水の湿り気を含ませた。

外の騒がしさとは逆に、餅つくわが家は真剣そのもの。人手は父と母、わたしと妹だけの四人、猫の手も借りたいほどの忙しさだ。

父は昨夜、東京から帰ったばかりだ。大晦日まで働いて手に入るだけの食品をリュックサックに詰めて、最終の満員列車で帰ってきた。休むヒマなく餅つきが待っていた。父母にとっては餅つきは過去に手伝い程度をしただけで、未経験にも近かったのではなかろうか。見よう見まねの手さぐりで始めた餅つきは臼も杵も借りものであった。

母は長時間かけて正月用の餅米をちびりちびりとわずかずつ周到に用意してきた。忘れられない光景がある。ごはん茶碗一杯の餅米が手に入ったとき、母は手の平にさらさらと米を大切そうに受けながら「正月には餅を食べさせてやるからね」とわたしと妹の顔を見つめた。姉妹はこっくりと深くうなずき、口の中に餅のねばりをころがしながら想像してその日を待った。

その日、元日、父と母、姉妹は餅がうまくつけるか不安であった。「どうにかなるさ。すぐにうまい餅食べさせてやるよ」母の用意ドンと手を叩いたのを合図に皆、持ち場についた。

突然、二臼目をつく直前、思ってもみなかったことが起こった。蒸し器のタガがゆるんではずれそうになったのである。これでは湯気がもれてしまって米が蒸し上がらない。

「あんた、蒸し器から湯気が抜けていってしまう。いつまでたってもフケ上がらない。米がなま炊きになってしまう。どうしよう……」

母は不安気につぶやきながら湯気がピュウピュウとでていってしまうところに、幾重にもフキンを巻きつけた。父はタガがはずれかかっているところを何とか持たせようときつく手拭いをねじこみながら「もっと火を焚け。どんどん焚け。ヒロ子物置きから薪を運んでおいで。転ぶなよ」と妹に声をかけた。

かまどの前のわたしは炎が熱くて頬が痛くなるほど薪をくべ続けた。

どうか、よい餅がつきあがりますように。

祈る気持ちで、時どき妹と顔を見合わせながら父と母の動作を目で追っていた。

外では相変わらず餅つきをあれこれ詮索しているらしい。その気配が遠く近く伝わってくる。隣家の土屋さんちではしばらく静観していたが、もう待ちきれなくなったようにがらりと玄関戸を開けたおかみさん。「まぁ、ジョウちゃんちで餅をついてるよ～。この正月。元日にだよ～」開口一番、あきれたようにカン高い声を放った。その声をきっかけにしておじさん、息子、孫の子供たちまでがぞろぞろと玄関口に出てきた。皆、寒そうに身を縮め、ノンコんちを不思議そうに見つめている。

隣家の玄関口とわが家の勝手口は目の先である。やがて息子がどなった。

「寒いじゃないか。そんなに戸を開けるな。寒気がどっと入ってきてしまう。ジョウちゃんちには何か事情があったんだろな。俺は寝るよ」と、さっさと引っこんでしまった。

わが家をはさんだ表通りには向きあって十七、八軒の家いえが並んでいた。早朝の思わぬざわめきに起こされたおかみさんたちは、乏しい材料で雑煮の準備を始めている。煙突からは煙がのぼりだし皿小鉢のふれあう音が響き始めた。とうに初日の出は東の空を明け染めて昇り、凍てついた表通りにも薄日がさしてきた。

やっと餅がつき終わった。

たった二臼であったが、蒸し器の故障や古米が混じっていたため、米の蒸し上がりに手間どりすっかり遅くなってしまった。

どこにいたのだろうか。

外にとびだしていった悟、守の兄弟がわが家のちゃぶ台で、ちゃっかり餅を食べている。

茶の間に入っていったわたしは兄弟がいるのに気づきびっくりしてしまった。

「うまい！」とっぴょうしもない悟の大声に、妹は動転してあやうく持っていた椀を取り落としそうになった。兄弟は顔を上向けて餅を流しこむようにして食べる。椀が顔の上にのっかっている感じだ。喉に餅をつまらせはしないかと、ちょっと心配になった。

「うまいか?」と父。

「ウン。つきたての大根のからみ餅はうめぇ」と悟。「うめぇ、うめぇ」と守は兄をまねた。父と母は満足げにうなずいている。

その夜、父と母は疲れて早ばやと床についた。わたしと妹は北の納戸につきたての餅を何度見にいったことか……。まな板より少し大きめののし餅、小ぶりな二段構えの供え餅、団子状の丸め餅がちんまりと暗闇のなかでほの白く浮かびあがっていた。たった、これだけ……実感だった。餅を見てよほど嬉しいのか、妹は小躍りしながらわたしの胸にとびついてきた。

元日もあわただしく暮れた。

隣近所の人びとはこたつを囲みながら、母親たちの手づくりおせち風にあしらった夕食を大切にゆっくりと食べている。そして一様に、わが家の元日の餅つきを格好の話題にしている。笑いの種にしている。きっとしている。と、わたしはくりかえし思った。

七十三年前の昔、戦後の日本、貧すれば鈍しがちな時代であった。未曾有の食糧難の時を迎えていた。飲まず、食わずの日も体験した。

当時、高原の一町村であった軽井沢町の人びとは、ひもじさに耐え忍ぶ暮らしを強いられ続けた。ましてや極寒の冬の最中に迎える正月は、どこの家でも貧しいなかをやりくりして正月をやり過ごすことをあたりまえとした。餅をつく家庭は少なかったのではなかろうか。

当時の元日は年の始めの祝日として、人びとは静粛に過ごすことが慣習化されていた。

餅つきなどは暮れのうちに済ませておくことが普通であった。

寝正月を決めこんでぐっすり寝こんでいた元日の朝、突如、寝耳を破ったわが家の餅つきの音。

今でこそ正月にふさわしいめでたい音とはいえ、当時の風習に逆らったこれほど不つりあいの音もなかったろう。人によっては嫌味の音にも聞こえたかも知れない。

あの時代、あの日、あの路地に住んでいたおじさん、おばさん、子供たちのびっくりまなこで仰天した表情と仕草が思い出される。

わたしはしみじみと懐かしく、なんともおかしい。

今年の初笑いも、七十三年前の元日の餅つきの話題であった。

詩人　室生犀星の軽井沢

戦後――隣町に共棲した日々

詩人、室生犀星は敗戦間際の昭和十九年八月から二十四年九月まで軽井沢町に疎開し、一町民に徹して暮らした。決してつかのまに訪れる避暑客ではなかった。それゆえに、この地に根ざした犀星の生活そのものが、文学であり詩であった。

犀星は、詩集「旅びと」（昭和二十二年二月刊）の序に記している。

詩というものが私になかったらこの山中の生活の退屈と窮命とは、実にどう遁れようもなかったであろう。詩も小説も大たん不敵にいうなら、人生に於ける退屈を退治し、同時にいつも心の居るところに眼を据えさせるものがある。私を立ち直させるものは文事のわざであって、これ以外に私の衿を正さしめるものは全くないと言ってよい。

この町の風土は机の前に座り続ける犀星を時
には外にも出てみよと、いや応なく家の周りや
近くの野っ原や町並みにまで誘いだした。
その結果、犀星は、
冬の間は氷にまみれ
春から夏は土の中にのめりこみ
高原の薄荷《ハッカ》の香りがする微風に目を細めたり
もした。

この地の風物である
南瓜《かぼちゃ》を愛し
白菜の漬物と格闘し
苔を植えて庭づくりにも挑戦した。

時は、
犀星五十八歳から六十歳。初老期であった。

わたしは九歳から十一歳。少女期であった。

旧道、新道という隣り合った町に住み、わずか二年九ヵ月の短い歳月の共棲であった。

　地縁ともいえる絆に結ばれた日々の暮らしがあった。

同じ時代、同じ土地に生きた詩人、室生犀星の暮らしに興味と好意をいだき、わたし自身の体験をも重ねあわせ、当時を追憶し回想記として表わしました。

室生犀星記念館　（写真提供　軽井沢町教育委員会）

魔術の町へ

詩人、室生犀星に「魔術」という詩がある。

魔術

室生犀星

こんな一本道の
不景気な額のうえを
僕らは終日往来する
変哲のない町の懐中には
奥さんになった娘さんたちすら
赤ん坊のあることを忘れる

町という小説がみんなの胸にある

昭和十九年八月、
戦況は悪化し、首都東京が戦場化するという流言飛語がとびかっていた。

犀星は病む妻をかかえ幼い子供二人を連れて、軽井沢町へ避難、疎開した。

きびしい寒さはすぐそこに迫ってきている。

一方ではこの地に暮らしていかなければならない現実――不足する食糧、枯渇する燃料とを確保しなければという二つの難題が立ちはだかっていた。

この時期、生活必需品の調達はこの地ならではのやり方があり、予想以上にむずかしく複雑であった。


十月の半ば、夜更け時。

この町は瞬時にして変った。

一晩で魔術の町へと変ってしまった。

犀星は夜中、裏山を吹きすさぶ突風の音に目覚めた。土地の人が浅間おろしと言っている山鳴りをはじめて聞いた。木々だけが鳴っているのではない。山全体が鳴っているのだ。

犀星は耳を伏せるようにして、山鳴りに聞き入った。

朝起きて雨戸を開けると、あれほど紅く照り輝いていたもみじの葉は一葉も残すことなく散りつくされ、白い幹と枝をむきだしにしていた。庭は土の色を見せず、もみじの落ち葉に紅く埋めつくされている。

あ、この町は一夜にして、冬がきている。

冬がきたのだ。霜と氷もいっしょにやってきている。

山の嵐はあたり一面をにぎわしていた紅い秋祭りをこれほど早く奪い去るとは……

唖然として見つめ縁側に立ちつくした。

庭に下りて、急に明るくなった裏山につと目をやると、暗く重たげに茂っていた栗林が裸木となって日光を浴びている。なんとなく気持ちよげに……。

その向こうには古びた空き別荘までが見える。

エッ。あんな所に別荘があったんだ……。

犀星は毎年八月のうちに別荘から帰京してしまっていたので、裏山の秋の景色は全く知らずに過ごしてきた。そこがどんな山林で栗林の下にはどんな高原の植物が生え育ち、人の別荘まであったのか、思いのほかであったのだ。

庭のあちこちに目をやりながら歩いていくと、風呂場の前に栗の落ち葉がうずたかく吹き溜っている。裏山から風の筋道のようなものがあったのか、栗の落ち葉が一列になって舞い寄せられながらひと塊となって小山をなしていた。

庭下駄の先で突くと紙をこすり合わせるようにかさかさと音をたてた。その葉ずれの音はいつまでも犀星の耳に残った。

新年が明けた。昭和二十年――

日本は第二次世界大戦に敗れた。八月十五日。

翌年一月の半ばになると零下七、八度の毎日が続き、ときには零下十五度から二十度にもおよぶ厳しい寒さが一挙に襲ってきた。

ガラス戸一枚の外は氷と雪の世界。

毎日、首をもたげるようにして現れ、あらゆるものを氷中に閉じこめてしまう氷との闘いが始まった。

犀星一家は氷と雪の層に閉じこめられ、たじろぎながらも身を寄せ合って暮らし続けた。

犀星はひとり、氷というものをまじまじと見つめ身がまえながら「信濃の冬というものの厳しさを一生を通じて心の凍傷として、あの世まで持っていってやろう」と、ひとりごとのように言ってのけた。


その夜は浅間おろしが吹くこともなく静かな夜更け、犀星は寝床のなかでキシキシと物音が聞こえてくることに気付き目覚めた。昼間机の前にいるときにも、何かの拍子にかすかに聞こえてくる音であった。耳の底に残っている秋の栗の葉ずれにも似た乾いた音であった。が、今は真冬、風呂場の前で氷の塊と化しているものが音のたてようがない。秋の終わりまであれほど天井裏をにぎわしていたネズミたちの運動会も鳴りをひそめていた。

寝床のなかに聞こえてくる音は昼間の音とはあきらかに違うようにも思える。何かをこすり合わせる音だ。探るようにし家の戸障子や柱にも手を当ててみた。

いったい、どこから？　何が原因で？

近くの大工さんに来てもらい突きとめてもらうことにした。

間もなくやって来た大工さんは家の内外をひとあたり見回ってみて即座に言った。

「これはですね。冬に入ると家全体を支えている土台が凍みて氷の柱のようになってしまうのですよ。それが日ごとに厚みを増していきながら、こんどは上へ上へとこすり合いながら家を持ち上げていく音ですよ、軋《きし》り音という奴ですよ」

大工さんは氷が家を持ち上げていく様子を両手で押し上げるようにして一気に説明しながら、困り果てたような表情をうかべた。

「こりゃ春になるまで待たなければなりませんよ。土地の人間たちにとっちゃ誰しもね。夜中に叩き起される音ですよ」と言った。

犀星はあぁ、そういう音であったかと納得し深くうなずきつつも、冬という気象の深いはかりごとだと思い、氷というものはなかなかやることはやるもんだとため息をついた。

氷のすき間に眠る人間

犀星は自ら氷のすき間にねむる人間であったと詩に表現し、散文にはその有様を書いている。

寝室にあてた部屋は敷居一本へだてて外は庭だった。まるで氷の際《きわ》にいるようなものだった。夜の寒気は寝室の建具のすき間からしのびこみ、犀星の体をおおいつくしていく。まるで氷の室《むろ》のなかに封じこめられていくようだ。

寝室は狭いため寝床は窓際すれすれにとって眠った。部屋の窓に鍋島《なべじま》絨毯《じゅうたん》を吊るし、そのうえ目帳りまでして寒気の侵入を防いだ。

あのどっしりとした重い絨毯を窓際にまで運び持ち上げ吊り下げるには、たいへんな労力と気力までがいったことだろう。

どのようなやり方で吊るしたものか、ちょっと見当がつかない。目帳りもどのようなものを使ってすき間を埋めたものか……。

さらに犀星は、冬の寒さと深さは寝床に入るといっそう強く感じられたという。つまり山の背中のてっぺんに寝ていて寝返りをうって左右どちらを向いても、山の峰から闇の底に転がり落ちる錯覚を抱いたとさえいう。

夜も更けて寝床の下の方に体をずるずるとずらしながら潜るにしたがって、隣り合わせの庭がいくぶんでも離れて遠ざかる気がする。

少しでも庭から距離をおきたかった。

明け方近くなると、唇をおおっていた夜具は雪をくわえているように白くなっていく。

犀星の吐く息はちりちりと凍りつき夜具の上で棒立ちになった。

犀星は獣のように襲ってくる寒気を防ぐためには何でもした。

氷の歌

室生　犀星

氷の上
一しづくの水でも
水のあるところは氷ってしまふ。
古い水と
あたらしい氷とがかさなり
そして一つの個体となる。
それは地球のように円い。
山もあり川もながれて見える、
曇天のような半透明のけだものは
厚く内部から締めつけられ
盛りこぼれるように匐行《ふくこう》し
厨《くりや》の板の間から

床下から
湯殿から
みしみし夜中にかすかな軋り声をあげ
家へあがって来る、
どんな隙間からでもあがって来る、
家の閾《しきい》もろともおし上げる
家のすみずみが軋ってくると
いかなる方法も盡き手のつくしようがない

人は氷のすき間にねむっているのだ。

わが家の冬の寝床

冬の間、わが家では炬燵のまわりに寝床を敷きつめて眠った。
四角い炬燵に親子四人がスキ間風が入らないようにまあるくなって眠るのはなかな

かむずかしい。

夜が更けるにしたがって、炬燵はぬるくなってくる。部屋も冷えびえと濃い闇に閉ざされてくる気配だ。すると皆がもぞもぞと動いて布団の中へ深く潜ろうとする。

上掛け布団の胸のあたりには寝息が凍ってごわごわと布地に張りついてきている。いつもの夜中の寒気がしのびよってきたのだ。

皆の眠りが浅くなって寝息がとぎれがちになる時分、あのミシッミシッと何かをこすりあわせるような、ぶつかりあうような音がやってくる。

親も子もみんな黙って息を殺すようにしてその音を聞いている。ギシギシ、ミシッミシッ。

わたしはかたく目を閉じて布団にしがみつくようにして身を丸める。息苦しくって、怖くてたまらない。父か母の手足にしがみついていると、いつの間にか眠ってしまうのだろう。あの怖い音は止んでいる。

氷霜《こおりじも》が一面に張りついた東の窓が白んできている。炬燵のなかは母が早く起きて、熾火《おきび》を入れてくれていた。ほかほかと熾火の温かさが布団を温めながら体に伝わってきた。あたたかーい。

犀星の南瓜《かぼちゃ》　実らざるものはなし

犀星にとって、南瓜は愛玩物であった。

栄養たっぷり解毒作用がありほっくりとした甘味ある味わいといった食物としての興味は一切なく、もっぱら観賞物として親しんだ。分けても南瓜のつける花と実を好んだ。

毎年春が深まる五月頃、高原一帯の畠はじゃがいもを主とした高原野菜の種つけが始まる。

犀星は近くのお百姓から南瓜の苗を二株もらい庭の片隅に植えた。陽が射さない場所であった。

その折お百姓さんから南瓜は茎の先に蔓《つる》をつけて陽を求め地面をはいずりまわり花を咲かせ実を結ぶものと聞かされた。平らな地面を好き勝手に蔓は伸び続けて、手（支え棒）を立ててやらなければ宙に立ち上がって伸びようとしないとも。そんな習性を聞かされた犀星は、それは困る、なんとかして立ててやった手を伝わって上へ伸びていって欲しいと思った。

その後、二株のうち一株だけは双葉からいきいきと生育。艶々と葉をつけて庭いっぱいに広がっていこうとする勢いをみせた。だが蔓は一向に支え棒にからみつこうとせず陽を求めて庭の真ん中へ出ていこうとする。そこは苔を植えるための庭の特等地でもあった。


毎朝、犀星は庭下駄をつっかけ南瓜の前に立った。育ち具合をしばらく眺め蔓の先の行方をしらべて案じつつ仕事部屋へ戻った。

ときには自らの手で蔓の先を持ち上げ支柱にからみつけてやったりもした。だが翌朝行ってみると蔓は地面に下りている。相も変わらず庭の真ん中へ近づこうとしている。

聞き分けのない奴《やっこ》さんだ。――なかなかやるわい――。

犀星と南瓜の根比べが始まった。

宙に立ち上ろうとしない南瓜に向ってなど問答のしようがない。

「僕は結論を急がない」と

そ知らぬ顔付きで毎朝立ちつくした。

蔓の先にちらばる小石や雑草をとり除いてやるぐらいのことはした。がんばりたまえ。

近くの畠では南風の吹きあげる砂塵のなか、中腰でまめまめしく働くお百姓の姿がかすんで見える。犀星はしばらく見つめていた。

「よく働く。だが僕はあくせくしない」とひとりごちた。

強い南風の吹く日だった。

なんと蔓は南の風にのって向きを変えている。あれっ、あれっとなりゆきにびっくりしながら、犀星はその行方を見守ることにした。

いく日か経った。

苗を植えた近くに何やらゴム毬のようなものが転がっている。子供が遊び忘れたものとも思えたが、まわりの茂った葉っぱをかき分けてみると、なんと南瓜の実ではないか。すでに握りこぶし大に育っている。黄緑色の皮に縮緬状の細かな皺までつけて……。

土に尻をつけて、小玉ながら南瓜然としている。知らなんだ。

南瓜の実が成った。実が成った。実らざるものなし。

犀星は近くで働くお百姓さんのところに飛んで行って「わが庭にも南瓜が実りましたよ」と告げたかった。

七月の末になった。日が経つにつれ成った実は色艶が劣えていくようでなんとなく元気がない。気のせいといく日か過ごして見守った。

ある日思いきって親指でそっと触れてみた。

グチュ、指なりにつぶれた。すでに無数の蟻が土の中に出たり入ったりして葉裏にまで密集していた。おそらく南瓜が尻をつけている土の中の部分はぶよぶよに腐っているにちがいない。蟻の栄養分になり果てたか――。犀星は南瓜に土をていねいに被せて立ち上がった。

「ヨイコラショ」今年の南瓜はみごとに失敗した。来年はこの失敗をくり返すまい。

翌年、陽あたりのよい場所に苗を十株ほど植えた。南瓜の蔓は支柱にからみつき宙に立ち上がって、みごとな黄金の実をぶら下げた。

実らざるものなし
実らざるものなし

犀星は思う。
土と人間の間に結ばれた徳ほど深いものはない。

実らざるものはなし

室生犀星

南瓜をうえた
南瓜の手をつくった
蔓を招いた
蔓はよそに行こうとした
毎日　南瓜の前に僕は立つ
毎日　南瓜をしらべる
毎日　南瓜に気をとられる
けれども南瓜はならない
南瓜はならない
南の風はけふも砂塵の中にあった
砂塵のなかに人びとははたらいた
僕は僕なりにはたらき

僕は警《いや》しめるものは警しめた
あらゆることに僕は結論を急がない
僕はさあらぬ顔をして
南瓜は東方に向いてついに蔓をのべる
ついに南瓜は實らざるをえないであろう
實るものの實らざることは
ありえないであろう
ついに實らざるものなく
書いて消ゆることもないであろう

『旅びと』から

南瓜は眺めるもの　たべものにあらず

毎年、犀星は南瓜を集め、縁側に数えきれないほどの数を並べ積み上げた。その形の美しさを愛し、色や模様の変化を楽しみ、愛玩物として集めたものである。

南瓜と名のつくものはなんでもよかれ集めに集めた。多くの品種、珍種、奇種を大小とり混ぜて、全国諸国の産地からごろごろと転がってくるままに、集まってくるままに……。

夏の一日。

犀星は南瓜にかまけて忙しい。

仕事の合間をみては庭の南瓜の花と実を前に長い対面。夢中になるあまり仕事机に座ることもなく、あっという間に日暮れてしまうこともしばしばだった。

朝早く庭へ出て二輪、蕾を切りとり生花《いけばな》として床の間と茶棚に飾って置いた。午前中には蕾は花となって咲き開く。ところが午後二時頃ともなると早くもしぼみしなだれてくる。

花の終わりを見とどけた犀星は早々にその場を離れ、座敷の縁近くに移り正座する。周囲には十個ほどの南瓜を自由に転がし置いた。まるで南瓜の運動会のようだ。

ふだん着の単衣和服の膝上に一個の南瓜を取りあげる。

まずはいつも通りに、土手南瓜から。

型は、色艶は、模様の変化は、皺や瘤の深さまで、ためつすがめつ眺め触って堪能する。

きょうの土手はちょっと小振りかな……。

だが十分に張りはある。色は深い緑でところどころにチョコレート色が筋となって混じっている。

溝は十四本。なかなか味わい深い。と、畳の上へそっと戻した。

次は平《ひら》南瓜を膝上へ。実りきった完熟物。

相も変わらず旨そうだ。煮含めたら、さぞ旨かろう……そんな邪心はもってのほかとしりぞけてごつごつ瘤が盛り上がっているところが気に入った。どっしりと重くたくましい。

色はいかにも南瓜然としていて、栗色と柿の肌色が混《ま》じっているものであった。深い二十本もの筋の割れ目は山々の襞《ひだ》や皺《しわ》を見るような思いすらする。

犀星は故里《ふるさと》の細くくびれた黒部渓谷を思いだした。

南瓜は小さいほど美しい——と
つねづね犀星は思っている。

その代表格は姫《ひめ》南瓜。片手にのるほど小さく愛らしく柑《みかん》くらいで小粒。しかも気品高い。

色は薄い乳白色ひといろのみのつつましさ。

床の間に置くと、香合《こうごう》のようにさえ見えてくる。

きょうの姫《ひめ》様は十分気高くしとやかに、畳の上でひっそりとひかえている。犀星の手におさまる出番を待っていた。

きょう一番、最上のものだろうと膝上へ。

中高《ちゅうだか》で筋は十三本。ゆがみ方もふっくらと丸みをおびている。片手にのせて目の高さまで上げてみると、ちんまりとバランスよくおさまって満足した。色はつやつやと乳白色に決まっていた。

犀星に詩をみてもらうために訪ねてくる若い夫人がいた。近くの別荘に住む人である。

その日も庭づたいに玄関先に現われた。

客間の床の間には朝方生けた南瓜の花が一輪おかれてあった。夫人を客間に案内しながら犀星は花に気付くことを期待するかのように一瞬足を止め、床の間にチラリ目を向けた。

床の間の生花は黄金の翼をひろげて、今を盛りと咲ききってみごとである。濃黄の五弁のヘリが内側に巻きこまれている。

「まぁ美しい。なんという花ですの」

夫人は床の間に近づき、花をまじまじと見つめた。

「南瓜の花ですよ」

「えっ。畠に咲くあの南瓜の花……？」

両手でまぁるく円《まる》をこしらえながら信じられない表情。

なおも犀星は、

「ちょっとこちらへ来てごらんなさい」と夫人を誘い、廊下にうずたかく積まれた南瓜の山を見せた。

「まぁ、こんなにたくさん。たくさん」

夫人は大量の南瓜の実を前にして、またもや驚いた表情で立ちつくしていた。しばらく間をおいた後、

「宅に野菜がないときがございましたら、いただきにあがりますわ」

「これは奥さん。食べずに眺めているものです」

「それはもったいのうございますわ」

「食べたら、なお、もったいない」

漫才問答が交わされた。


犀星の南瓜集めには、よき協力者がいた。

安さんである。

全国のどこぞと知れない産地のものまで取り寄せては縁側に盛りあげた。安さんは年ごとに南瓜を見る眼が肥えていって犀星を喜ばせた。

ある日、庭の入口木戸の前に立った安さんは「ここから見る南瓜は古城のようだ」と讃えた。犀星もいっしょにその場に立ち、いかにも、としたり顔でうなずいた。

室生家にはお勝手仕事を手伝ってくれるおばさんが通ってきていた。

夏の夕方が迫っていた。

その日も犀星は座敷で南瓜の品定めに余念がない。

通いのおばさんが襖をへだてて次の間に座る気配がした。没頭している犀星の姿に声がかけずらいらしく黙って座っている。

犀星は気付いてはいたが、しばらくして、

「何か」声をかけた。

「あのー。今夜のお勝手用にひとつ。ひとつちょうだいできませんでしょうか……」とぎれがちに言った。突然の申し出にどうしたものか迷いながら、すぐには応じることができない。

畳に転がる南瓜のひとつひとつを見つめてみた。食用に使えるものはひとつもなかった。

「いや、断る」

おばさんは何も言わずにお勝手に行ってしまった。

南瓜の花

室生　犀星

南瓜南瓜と言わさんすな
南瓜、実もあり、花もある
わたしもあなたも南瓜なら
大臣さまも奥さんも
南瓜でないと言えはせぬ
どうせこの世は南瓜づら、
ひなた日かげではやりすたれのあるものを
南瓜南瓜とひとくちに
けいべつしてはなりませぬ

随筆『四角い卵』から

犀星と漬物

犀星の家庭では冬の保存食として、白菜と三尺菜の二種類を漬物にして漬けこんだ。去年の秋、近くのおばさんに頼み木桶に漬けてもらったもので、離れの縁側のすみに置かれてあった。

冬の間、家族の誰もが漬物を桶から取りだす仕事をひどく厭がった。離れに行って漬物を取りだしてくる——たったこれだけのことであったが、冬が深まるにつれ家の仕事のなかでいちばん嫌われる冷たい力仕事になってしまった。

いつしか犀星がやるより仕方なく、当然のように習慣になり、

「よし、おれがやろう」と。

鉈を下げ丼鉢を持って離れの縁側に向かうのだった。いつも縁側には縁の下からあがってくるすき間風が吹きたまっていて、足袋裏がひやっと冷たい。

「ウウッ、冷たい。凍え死にそうだ」

決まり文句のようにつぶやく。声でもださないとやっていられない。着流しの和服の裾が風にあおられてバタバタする。じゃまになるので裾をはしょって腰紐にくくりつけることにしていた。一刻も早く白菜を取りだしてこの場から逃れたい。気は焦った。

まず木桶の蓋を氷からはぎとることから始める。氷の表面は桶の縁より高く盛りあがり灰色につるつると磨いたように厚くなっていた。犀星はそこで一息いれ、氷に立ち向かうように鉈で最初の一撃。何層にもなった氷どもは白菜の芯まで凍らせていて手さぐりで探っていく。鉈を使ってざくざくと砕いた氷は手ですくい縁先に放りだして捨てた。またたく間に氷の破片はちらばり広がっていく……。

やっと取りだすことのできた株の白菜。

黄緑色の白菜漬けを手にしたときの気持ちをなんと表現したものか……犀星は言葉に迷う。とっくに手の指はしびれて感覚がなくなっていた。

この仕事は娘や息子の手に余る、嫌われるのも無理なかろうと思いつつ、母屋へよろよろと戻っていった。鉈を下げ白菜の入った丼鉢を持って茶の間に入って行くや、湯が入っている洗面器にザブッと手を入れた。しばらくうつむいて手を温めなければ声すらでてこない。娘も息子も何も言わずに犀星の後ろ姿を見つめ続けていた。

犀星は白菜漬けの旨さ加減には何も言っていない。

塩辛かったのか、甘酢っぱかったのか、筋っぽいのか、あまりに冷えきっていて、ただ冷たいだけなのか……それとも黄緑色の鮮やかさ、目をうばわれて満足してしまったのだろうか。

後年、長女、朝子さんは、

「白菜の漬物は、食べた時に小さい氷の粒がぴょっこりととび出してくる。慣れるまで氷の粒が妙な感触で舌の上にあった」

と書いている。

つけもの

室生　犀星

つけものを出そうとして
鉈をもって氷を砕いた。
氷はいくら砕いてもしんから凍えていて
鉈の刃が手元に返ってくるだけだ。
白菜、三尺菜の黄緑は
頑として氷の中で姿を崩さない、
だが　よく見よ
白菜はこんな氷の中にいて
去年から見るとだいぶ芽がふとった、
株のふとさがちがって来、
緑のいろはむせぶように強い、
ざくざくと氷を割りながら

鉈の力で白菜の株を起そうとして焦せる
零点下十五度の廊下は氷の破片で一杯だ。
『人間』昭和二十一年一月から

わが家の野沢菜漬け

戦後、冬の栄養源であり保存食として代表的な信州名物は「野沢菜の漬物」。毎年わが家でも冬場の貴重な漬物として、野沢菜を漬けこんだ。十月の中旬から下旬にかけて葉茎は一メートル近くまで生育し漬け頃を迎える。

向こう三軒両隣の親しい主婦が三人寄り集まって順番に一日がかりで一軒あてを目安に漬けこんでゆくのが慣習になっていた。

以前は漬けこみに使う道具類の一切を各自が持ち寄ったものだが、いつの間にかその何品かは共有物として使われるようになっていった。台所から長いホースを使い庭先まで水を引きこみ四斗樽二つ並べて菜を洗う。洗ったものから張り板にのせ水切りをし、いよいよ漬けこみが始まる。（張り板＝布のりをつけた布やすいた紙などをぴんと張って乾かす板）。

まず腰の高さまであるバサバサとかさばる菜っ葉を折れないように持ち上げ樽の丸みに合わせて中心に向かい、まあるく、まあるく円を描くように置いていく。時どき振り塩をしながら――。

おばさんの手によって菜っ葉は渦を巻くように樽の中におさまっていく。そばで見ているわたしは邪魔にならないように身をよけながらも、その手さばきに見とれて飽きなかった。

おばさんたちは無駄口をたたかない。

菜を持ち上げるたびに「ホイサ！」

樽をのぞいては「いいね！」「いいね！」

短い合の手のような声をかけあいながら、きびきびと進めていった。

夕暮れが近づき日も陰り背中のあたりがぞくぞく寒くなってくると、おばさんたちの手首は赤く腫れ指先がかじかんでくる。すると両手の平をこすり強くたたきながら「かじかんできたね」と言って早く終わらせようと先を急ぐ。

やがて、あれほどうずたかく積み上げられた菜っ葉は、すべて野沢菜特有の鮮やかな濃い緑色を見せて樽の中におさまった。漬物樽はリヤカーを使って台所の北側の隅に運ばれた。

年長格である二人のおばさんが足をふんばり手先にいちだんと力をこめて「ヨイコラショ」と声を張りあげながら重石《おもし》を持ち上げ樽の上にのせる。終了を告げる合図だ。日はとっぷりと暮れている。毎年その時分になると、天空の決まりごとのように霙《みぞれ》がちらついてくる。

「ちっとやそっとの寒さじゃないと思ったら、ホラ、舞ってきたよ」と。

ホースを片付けていたおばさんが大声で告げた。その声に三人のおばさん、母とわたしは中空から急に雪の形となって現れる水っぽい雪の粒を見上げた。

わたしはお湯をなみなみと満たしたバケツを縁先に運び、おばさんたちに指先から腕にかけて温めてもらう。母はおばさんひとりひとりに「お疲れさんでございました」と頭を下げてまわった。

わたしもありがたい気持ちがこみあげてくる。何か言わなければならないと思うのだがうまく言葉にあらわせない。おばさんたちの衿巻や手袋を持って門の脇に立ち手渡しながら、こくんと頭を下げるのがせいいっぱいだった。

　おばさんのひとりは、

「正月になったら旨い菜漬けが食べられるよ」とお正月のお年玉を約束するような口振りで言い、そそくさと帰って行った。

山岳俳人　前田普羅《ふら》の浅間山

戦中（昭十八年頃）から戦争直後の真っただ中、当時の険しい時代風潮をあびながら浅間山麗をひたすら行きつ戻りつ放浪の旅をする俳人がいた。

山岳俳人、前田普羅（一八八四～一九五四）である。

普羅は、高浜虚子のもとで「ホトトギス」の主要俳人となる。山嶺を詠ったものに優れたものが多く、鋭い切れ味ある作風で知られ大正、昭和の俳壇にそそりたつ俳人として定評がある。

女性《にょにん》浅間山

前田普羅にとって、浅間山は美貌の女性であった。

指摘し評したのは、詩人の大岡信であった。

大岡は一九七九年から朝日新聞に連載した「折々のうた」のなかで、前田普羅の山の秀句を複数回にわたってとりあげている。

一九九五年四月十八日に掲載した、

紺青の乗鞍の上に囀れり

この句のあとのコメントに、

「俳人にとってわがためと思えるような土地に出会ったら、まさに本望。一流俳人にはおおむねそういう土地がある。関東人普羅の場合、越中の山々、そして浅間山、奥飛騨。

浅間は彼には美貌の女性だったし、乗鞍はじめ奥飛騨の山々は、遥かなるものへの呼びかけにほかならなかった」

美貌の女性、浅間山――わたしの心に深く残る一言として突きささってしまった。

浅間山を見る目は一変したものの、その擬人化した言葉にこだわり、とらわれてしまった。

活火山はある日突然に爆発する。

歴史上、語り伝えられている浅間山（二千五百六十八メートル）の大噴火は、天明三年（一七八三年）四月から七月までの四ヵ月間にわたった天明大爆発。

七月八日午前十一時頃、山麓に住む村民たちは鳴る音が静まり気をゆるめたところ、突如、噴火が再開。大轟音を発しながら噴煙柱が上がり、土砂と岩石をまきこんだ火砕流が山腹を下り滝となって降り下ってきたという。

その熱湯は水勢百丈（三百三メートル）におよんで噴出し、火口からの到達距離は十二キロの吾妻川にまで達した。大洪水になった吾妻川は流域の村々を襲い、死者、田畑、家屋を押し流した。

翌、七月九日午後、吾妻川は江戸市中《しちゅう》の江戸川の中州にまで達し、漂流物は川面いっぱいとなって流れ、江戸市民を驚かせたといわれる。

分けても上州鎌原村《かんばらむら》にいたっては、村民のうち八割、四百七十七人が死者となり果て、家屋が流出、焼出、埋没のため一村のすべてが全滅した。（『浅間大変覚書』による）

北関東一帯には岩石、火山灰が降り注いだ。

噴火で吹き上げた灰は成層圏まで届き太陽の光をさえぎり、東北地方の田畑は冷害のため農作物は大凶作となった。

わたしが体験した爆発は中程度のものであったとはいえ、ひとたび噴火すると高原野菜の白菜、キャベツには降灰のため虫喰いのような焼けこげ穴があき、食べ物にもならず、ましてや売りものにもならず捨ててしまった。当時は食糧難の時代。捨てるに忍びなくほんとうにもったいないことに思えた。

灰よけにさしかけた傘には豆粒ほどのこげ穴が無数にあき骨ばかりにしてしまう。もう使いものにならない。

美女の怒りにしては狂暴過ぎる……美貌の下には別の貌を隠しもっている。悲惨きわまりない恐しい山と思えてくるのだった。

わたしは高校通学のため軽井沢駅から小諸駅へと三年間、しなの鉄道の車窓から朝夕、浅間山を見て過ごした。四季ごとに染まる噴火山の男性的な雄姿を数多く目にしているが……。

それにしてもと、またまたこの山を女性視する普羅の心情にこだわってしまう。

普羅には、浅間山の麓で作った五十五句を集めた句集『春寒浅間山』がある。後記のなかに浅間山をわがための山と女性視する深いおもいが書かれてあった。その一部を原文のまま引用してみよう。

「美しい静かな裾野――六里が原――は浅間山の奥殿としての貫禄を見せ私をしめ殺す程に抱きすくって仕舞った。またあの噴煙すら或る時には女性の瞋恚《しんい》のほむらとしか思へなかった。（中略）浅間山は活き威厳と愛隣の心に満ちて燃えつづけている。私は日本的女性の象徴として浅間山に寄りそわんとするものである」

浅間山に対する高揚した山恋の恋文であるとひとことにくくれない激しい真情が吐露していると思えてくる。

また浅間山の発音にもふれていて、アサマの三つの発音は頭《かしら》がそれぞれア、サ、マ、（Ⓐ－SⒶ－MⒶ）という母音であるためにたいへん感じを明るくしている。と指摘している。見逃せないことである。

普羅は博学であった。

地学、天文学、染色学、植物学と幅広く、知識欲も旺盛。浅間の引く裾野を地学的にとらえ、女体の姿にたとえている。

また趣味人でもあったという。

音に敏感で、山上からピアノの音が聞こえてくると言って登山仲間を驚かせもした。

雪解川名山けずる響かな

雪解けがはじまり名山の岩肌がけずられていく音響を的確にいいとめた。こうした句中にも耳聡い音感が鋭く生きている。

若い頃には三味線を爪弾くことがあった。

謡曲を好み、なかでも民謡を独特の声色《トーン》で唄い分け、句会の席でも求められ評判になった。

普羅は風流な夢想家の一面を持ちあわせ、ときには山を恋うあまり病者のようになって山岳、渓谷を彷徨した。

浅間山麓への往復がひんぱんになっていく。秋の一日、軽井沢、沓掛（現在の中軽井沢）、小諸までのすばらしい眺望の裾野の道を爪先下がりに下って行く。
きょうも北の背景には三筋の煙たつ浅間山。
普羅は口三味線をまじえながら鼻唄のひとつも口ずさみたくなってくる。

浅間山さん　なぜ焼けしゃんす
　裾に追分《お十六》（十六歳の娘）持ちながら
浅間根越の焼野の中に
　あやめ咲くとはしおらしや
「追分節」

小諸出て見よ　浅間の山に
　きょうも三筋のけむり立つ

浅間山　（写真提供　軽井沢町観光経済課）

「妻恋峠」

気分はもりあがり、ご機嫌であった。

美貌の女性浅間山――

わたしは、この一言を謎解きのようにしてこだわった末、普羅という人物の人柄、俳人としての生業を多少なりとも知ることができ、ああ。普羅にとっては、そういう山であったのか。浅間に傾倒する真情をわたしなりに理解することができたと思えてくる。

ここにいたっては、何よりも普羅の句集を詠むことが肝心。とくに『春寒浅間山』をわたしの体験を重ねながら選句し、詠んでみよう。

落葉松に焚火こだます春の夕

冒頭の句、

春の夕べ、焚火の炎、煙、音が一体となって落葉松林のなかをこだまする……。

こうした情景は人の心をなごませ、温《あたた》め、ほのぼのしたものに包まれていくような気持ちにさせるもの。

普羅自身も旅の途中、通りがかりに焚火を目にして仲間に加わって温まった体験があったようだ。

あるいは宿の窓から焚火の輪を見つけ忘れられない光景となったのだろうか。

わたしも、こうした焚火にはいく度となく加わったことを覚えている。

芽ぶき前の落葉松林で焚火をするのは、当時の住人にとって慣わしだった。歩道の雪はほぼ消えてしまったが、別荘の庭の陽の当らない北隅には残雪が残っていた。寒さに凍えながら歩く途中、焚火の煙、パチパチとはぜる音が聞こえてくる……もう矢も楯もたまらず吸い寄せられたように足が向いてしまう。

あちこちに落ちている落葉松の小枝を拾い集め、みやげのように差しだして、焚火の新しい仲間として加えてもらう。囲んでいる輪の人びとも間《あいだ》を開けて「さぁ温《ぬく》もって、温《ぬく》もって」と迎え入れる。

大人も、子供も皆だまって燃え盛る炎を見つめている。

火の燃え加減を見ながら、つねに小枝を投げ入れるおじいさんがいる。

落葉松について、ひとくさり語って聞かせるおじさんもいたりして……皆だまって聞いている。

と、突然子供が小枝を拾い集めに走りだしたり……。

その内、誰に言うとなく、

「ああ温《ぬく》まった、温《ぬく》まった。ごちそうさまでした」と頭を下げ立ち去る。

ひとり去り、ふたり去りすると最後に残った人が靴底で燃えかすを踏みしめて消し、近所の家のもらい水をかけて立ち去って行くのが習慣であった。

人びとを真底から温めたありがたい焚火であった。

浅間山きげんよし春星数ふべく

普羅にとって、その夜の浅間山は際だってきげんよく見えたのだろう。

闇に沈んだ裾野の風景、寝静まった人家を見下ろしながらのんびりと噴煙をくゆらせている宵の口の浅間山。天上には春の星が輝いて……ひとぉつ、ふたぁつ、みぃーつと数えることもできそうな、またそうすることを誘導しているようにも感じられる春星。

ひとり目覚めて対峙している普羅を、浅間山は見つめ返している。

見つめ、見つめられ

思いつ、思われつつ……

忘れられない星月夜

わが家　夕食後の一時。

そろそろ寒気が和らいだ春先とはいえ、炬燵が恋しくって庭に誰も出ようとしない。

家族四人が庭に出て星を見る一晩があった。それは夏でもなく、ましてや秋や冬でもなく春の夜に限って一ぺんこっきり。

わたしはその夜のことを鮮明に覚えている。

何かの用事で庭に出た父が、

「星が降るようだ！　みんな出ておいで」と呼びかける。

わたしと妹、母までが庭下駄をつっかけ、ぞろぞろと四人横一列となって並ぶや、

「ウワ～お星さまがいっぱい！」

満天の星をつかめるかのようにした妹の一声。わたしも負けじと両手をつきあげる。

家族四人が顔を天に向け仰ぎ、見とれている。庭は地球をつきぬけ宇宙となって、あたりは青一色。庭にちらばる雑用品までがぬれぬれと青く染まっている。

でも、寒くて十分とそうしていられずに、皆、早々に家の中へ戻り、炬燵にもぐりこむ。

早春の高原の星空。目に焼きついて忘られない一夜だった。

春雲のかげを斑《まだら》に浅間山　　普羅

浅間全山

山頂から裾野まで全く遮るものがない晴天の日。

ただ一点、雲の影が形となって山肌を流れていくのみ……。

こんな風景はめったに目にすることはできない。

山肌の色を何と表現してよいものか……。

藍に灰色を混ぜ合わせたような色。

その山肌をくっきりと墨色となって、行く雲。


わたしは通学の途中、車窓から友人と二人、この雲の行方を追いかけて飽かず眺めたものだ。

　何かに例えては、
友だちは「象！」

わたしは「キリン！」

筒状に伸びる雲の形を友だちは象の鼻、わたしはキリンの首に思えてくる。

雲の動きは意外と速く裾野の東端に消えてしまう……。

「あぁ消えちゃった……」

ちょっと残念。

旅の途中、普羅にも浅間の山肌を春の斑雲《まだら》がちらばる風景をのぞめた日があったことだろう。

千載一遇のチャンスとばかり眺める普羅の姿がほうふつとしてくる。

駅長の歩みきこゆる夜霧かな　普羅

旧軽井沢駅舎は、
普羅にとって浅間山麓への往復に数多く降り立った駅。
夜霧ににじんだ長いプラットホームから歩み寄ってくる駅長の足音。懐中電灯を振りまわし、歩数を数えるようにして歩く姿は印象的であったにちがいない。

わたしにとっては忘れられない旧駅舎の光景は、一枚の絵のように駅長と隣り合わせに並ぶ夜汽車の停車した姿である。
わずか五分の停車時間。一息つくように白い蒸気を排《は》きだして……これから二十六

もの碓氷トンネルの暗闇の中、アプト式レールを噛みトンネルを抜けて一路、関東平野を突っ走って行く。

まだまだ普羅の句には女性浅間山の魅力がいっぱい詠われている。

春立ちし国々の上の浅間山
春星や女性浅間は夜も寝ねず
浅間冴《ひ》え松炭燃ゆる五月の炉
浅間燃え春天緑なるばかり
山吹や昼をあざむく夜半の月

浅間山月夜を騒ぐほととぎす
浅間山月夜蛙にねざめ勝ち
浅間なる幾沢かけて遅桜

春、花咲き鳥鳴き、両棲類まで加わり、みな浅間の地中、山中からめざめてくるものたち、何というにぎやかさだろう。

普羅の句は、自然に現われた折々の現象を眺めたままに作句したものではない。そこには風土と（火山のマグマが収縮、爆発、削られ砕かれ、沈殿、集積したものを地質学的にとらえ）一体となり、そこへ詩情をまじえ詠みこんだ句であると指摘されている。

「女性《にょにん》浅間山」は、そういう山であったのか——

普羅の人となり、句業の一端をとらえてここまでわたしなりに理解し同化を深めてきた。

これから後も『春寒浅間山』を自身の体験を重ねて読み継いでいきたいと思っている。

参考文献

室生犀星
『信濃山中《しなのやまなか》』（詩文集）全国書房　一九四六年
『木洩日』（小説）六藝社　一九四三年
『逢いぬれば』（詩文集）富岳本社　一九四三年
『山ざと集』（詩文集）生活社　一九四六年
『旅びと』（詩集）臼井書房　一九四七年
『近代日本詩人選』富岡多恵子　筑摩書房　一九八二年
『犀星　軽井沢』室生朝子編　現代史出版会　徳間書店　一九九〇年
『父犀星の秘密』室生朝子　毎日新聞社　一九八〇年
『軽井沢物語』宮原安春　講談社文庫　一九九四年
『軽井沢別荘史』宍戸實　星雲社　一九八七年
『火の山の物語』中村真一郎　筑摩書房　一九八八年
『軽井沢避暑地一〇〇年』中島松樹編　国書刊行会　二〇〇〇年

前田普羅

『前田普羅／原 石鼎』（句集）新学社近代浪漫派文庫　二〇〇七年
『鑑賞　前田普羅』国文学研究叢書　中西舗土　明治書院　一九七六年
『評伝　前田普羅』中西舗土　明治書院　一九九一年
『新折々のうた2』大岡信　岩波書店　一九九五年

著者プロフィール

中路 法子（なかじ のりこ）

1937年　長野県生まれ。
長野県小諸高等学校卒業。
総理府統計局勤務をへて広告代理店宣伝企画部にコピーライターとして参画。
以後、フリーコピーライターとして独立。長年専念する。

今回の作品は初めての書き下ろしである。

わたしの軽井沢　忘れがたい情景・記憶がよみがえる

2020年7月15日　初版第1刷発行

著　者　中路 法子
発行者　瓜谷 綱延
発行所　株式会社文芸社
〒160-0022　東京都新宿区新宿1－10－1
電話　03-5369-3060（代表）
03-5369-2299（販売）

印刷所　株式会社平河工業社

ISBN978-4-286-21684-3